UM LUGAR ESPECIAL

Do Autor:

O Clube do Fogo do Inferno

Mr. X

PETER STRAUB

UM LUGAR ESPECIAL

Tradução
Bruna Hartstein

Copyright: © 2010 by Peter Straub

Título original: *A special place*

Capa: Rafael Nobre
Foto de capa: David Muir/GETTY Images
Foto do autor: Michael Fusco Design

Editoração: DFL

Texto revisado segundo o novo
Acordo Ortográfico da Língua Portuguesa

2011
Impresso no Brasil
Printed in Brazil

Cip-Brasil. Catalogação na fonte
Sindicato Nacional dos Editores de Livros, RJ

S8911 Straub, Peter
 Um lugar especial/ Peter Straub; tradução Bruna Hartstein.
 – Rio de Janeiro: Bertrand Brasil, 2011.
 176p.: 21 cm

 Tradução de: A special place
 ISBN 978-85-286-1504-3

 1. Romance americano. I. Hartstein, Bruna. II. Título.

11-2163
 CDD – 813
 CDU – 821.111(73)-3

Todos os direitos reservados pela:
EDITORA BERTRAND BRASIL LTDA.
Rua Argentina, 171 – 2º andar – São Cristóvão
20921-380 – Rio de Janeiro – RJ
Tel.: (0xx21) 2585-2070 – Fax: (0xx21) 2585-2087

Não é permitida a reprodução total ou parcial desta obra, por quaisquer meios, sem a prévia autorização por escrito da Editora.

Atendimento e venda direta ao leitor:
mdireto@record.com.br ou (21) 2585-2002

UM LUGAR ESPECIAL

MILWAUKEE, 1958

MILWAUKEE 1958

Você vai precisar de um lugar especial que ninguém conheça — falou o tio Till para Keith Hayward. Estavam sentados num tronco largo, no jardim dos fundos da casa dos Hayward, onde o tio Till se encontrava temporariamente hospedado. Keith tinha 12 anos de idade. Essa conversa aconteceu em meados de julho de 1958, em pleno verão, quando Milwaukee ficava quente e úmida da manhã até a noite. A camiseta leve e sem mangas de Tillman Hayward aderia a seu tórax e deixava à mostra braços e ombros musculosos. O chapéu de feltro cinza com aba ligeiramente inclinada protegia a maior parte do belo rosto de nariz afilado, embora gotas de suor brilhassem nas bochechas e se acumulassem nos nichos escuros da base do pescoço. As bainhas da calça azul listrada, arregaçada nos joelhos, flutuavam quase 30 centímetros acima dos sapatos pretos de verniz. Os suspensórios mais legais que Keith já vira, de couro trançado e tão finos quanto um lápis, prendiam o cós sem pregas da calça. Aquele homem, Tillman Hayward, sabia se vestir.

— E digamos que você encontre um lugar assim, porque só estou supondo... e se? *Se* você encontrar esse lugar especial, terá que trancá-lo, para que ninguém mais possa entrar. O que vai acontecer nesse lugar dirá respeito somente a você. Ninguém deverá saber, a não ser você. Veja só, supondo que você decida seguir esse caminho, terá que guardar muitos segredos.

Um Lugar Especial

— Da mesma forma que isso aqui é um segredo, essa nossa conversa — observou Keith.

— Belíssima sacada! Você entendeu! Vamos repetir mais uma vez. Depois do que eu falei a respeito daquelas experiências, se seu pai e sua bela mãe perguntarem sobre o que conversamos, a resposta é...?

— Beisebol. — Keith fora cuidadosamente preparado e tinha a resposta na ponta da língua.

— *Beisebol* — concordou Till. — Perfeito. Warren Spahn, o maior arremessador da Liga Nacional. Del Crandall, o maior receptor da Liga Nacional. Eddie Mathews, *o* craque da Liga Nacional, certo?

— Certo.

— Agora *você* repete os nomes deles, garoto.

— Warren Spahn, Spahnie. Del Crandall, o receptor. Eddie Mathews, terceira base. Eles são os melhores.

Na verdade, Keith não dava a mínima para beisebol. Não via sentido em todos aqueles lançamentos, rebatidas e corridas quando não havia nada em jogo além do resultado de uma partida idiota. Todo mundo, inclusive os outros garotos da escola, seus pais, os professores e o diretor, praticamente o mundo inteiro, com exceção do tio Till, agia como se até mesmo Jesus em pessoa fosse se levantar, se um dos jogadores do Milwaukee Braves entrasse na sala.

— É isso aí. Bom, então, digamos que a gente arrumou esse lugar especial, esse quarto secreto. Você sabe do que vai precisar para mantê-lo em segredo? Já dei uma bela dica.

— Uma chave para trancá-lo. — Esperando ter entendido o que o tio quisera dizer com *e se*, Keith deu um grande passo no escuro. — Isso se, digamos, eu conseguir arrumar um lugar assim.

— Ah, garoto, você é demais — disse o tio Till. — É, mesmo.

O rosto de Keith corou de prazer; a satisfação aqueceu seu estômago como o calor de uma boa refeição.

— Mais uma vez, estou só supondo, só dizendo *e se*, se você conseguir a chave de que

Um Lugar Especial

precisa, vou poder lhe dar uma sugestão do que fazer com ela. Essa chave de que estamos falando não deverá ficar largada, à mostra por aí, onde alguém possa vê-la e resolver fazer perguntas. Quero dizer, senão, que tipo de segredo seria esse?

— Um segredo malguardado, isso sim — respondeu Keith, sentindo uma onda de decepção antecipada consumi-lo por dentro.

— Certo, garoto. Fique sabendo que nada esconde melhor uma pequena chave do que um monte de outras chaves. Ainda estamos brincando de *e se*, portanto, eu diria que, se um sujeito estivesse interessado no tipo de coisa sobre a qual estamos conversando, por qualquer que fosse o motivo, o melhor que ele poderia fazer seria pegar todas as chaves perdidas que encontrasse e reuni-las num belo chaveiro. Assim que você começar a procurar, irá se deparar com chaves velhas em tudo quanto é lugar. Em gavetas. Escrivaninhas. Qualquer lugar velho, como, por exemplo, um prédio abandonado, ãh... uma casa onde ninguém mora, um velho armazém vazio, alguma coisa do gênero, seria um bom lugar para encontrar seu quarto secreto. Ah, um porão geralmente funciona muito bem. Que Deus abençoe os porões, esse é o meu lema.

O garoto teve uma ideia repentina, mais uma visão do que uma ideia, de um prédio abandonado a seis ou sete quarteirões da avenida principal das redondezas. Ele já havia servido de restaurante, depois fora um bar, e mais tarde um lugar de adoração para algum culto religioso tão vagabundo que os vizinhos acabaram expulsando-o de lá num acesso de elevada nobreza.

— Que nem aquele velho depósito no Sherman Boulevard?

— Existe um velho depósito no Sherman Boulevard? — Os olhos do tio Till faiscaram. — Imagine só.

— Eu *aaaacho* que sim — respondeu Keith, entrando definitivamente no jogo.

— Talvez seja interessante inspecioná-lo de perto, não sei. Pelo menos, isso vale para um sujeito ligado nesse tipo de coisa.

Um Lugar Especial

Keith fez que sim com a cabeça, tentando visualizar em detalhes a construção. Por um tempo, os garotos da vizinhança haviam frequentado os aposentos vazios, deixando para trás colchões sujos, guimbas de cigarros, garrafas de cerveja e camisinhas usadas, mas ele achava que o depósito já estava abandonado fazia um bom tempo. E lá havia um porão, disso ele tinha quase certeza.

— Vou lhe dar uma pequena dica — continuou o tio, capturando novamente a atenção do menino. — Digamos que uma pessoa monte um belo chaveiro, com umas 50, 100 chaves. Como ela conseguirá encontrar rapidamente aquela de que tanto precisa? Bem, é assim. Você pega um pedacinho de linha e o amarra nas chaves importantes; assim poderá achá-las num segundo.

Till puxou um gigantesco molho de chaves do bolso de sua elegante calça, que devia ser bem fundo, e o balançou diante dos olhos do sobrinho. Aqui e ali, pequenos pedaços de linhas coloridas se destacavam em meio às chaves.

15

— Quando um homem carrega um molho de chaves como este, ninguém pergunta o que ele está fazendo. Funciona tão bem quanto um distintivo.

A porta de tela bateu. Com um passo lento e indeciso, a mãe de Keith surgiu nos degraus da escada dos fundos. Ela os observou com olhos ansiosos. Nas pontas dos braços rígidos, as mãos estavam crispadas.

— Vocês estão batendo papo? — Keith achou engraçado o contraste entre a pergunta e a atitude. Ele fez que sim, tentando não sorrir.

— Till?

— Está tudo bem, Mags — respondeu o tio. — Não há nada com que se preocupar. O garoto aqui é um bom menino. Aquele pobre gato já estava morto quando ele o encontrou. Não vá incomodar Bill com esse assunto. O menino e eu tivemos uma longa conversa. Não foi, garoto?

— Claro — concordou Keith.

Um Lugar Especial

Era possível ver nos olhos de Maggie Hayward o desejo de acreditar em tudo que seu cunhado lhe dissera, assim como em tudo que ele deixara implícito.

— Mas, e quanto à faca? E quanto à cabeça do gato?

— Foi culpa dele, claro. Mas acho que podemos atribuir isso à curiosidade de Keith.

— Eu queria ver como ela se conectava ao corpo — explicou Keith. — Sei lá, os ossos, a carne.

— Curiosidade científica, pura e simples — replicou o tio Till. — Já expliquei que ele precisa esperar o começo das aulas de biologia antes de sair por aí dissecando as coisas. Inclusive, animais mortos com os quais venha a se deparar naquele velho terreno baldio.

No começo da conversa mais gratificante que Keith já tivera em toda a sua vida, o tio Till realmente dissera algo bem parecido.

— Tá entendido, mãe — falou Keith.

Maggie começou a descer os três degraus de concreto que levavam ao jardim. Seus ombros estavam ligeiramente caídos e as mãos, agora abertas. Ao atingir o último degrau, seu rosto se contraiu por um momento em angústia e repulsa.

— Bom, espero que sim, porque detestei ver... Aquilo fez com que eu me sentisse *péssima*...

— É compreensível, querida. — O tio Till se levantou e tornou a enfiar o molho de chaves no bolso espaçoso. — Eu estava me sentindo da mesma forma.

— Desculpe, mãe — falou Keith. — Nunca mais vou fazer aquilo.

— Espero que *não*. — Ela abriu um sorriso hesitante. — Fico feliz que você esteja aqui para conversar com Keith, Till. E você está certo, não vou incomodar Bill com esse episódio. Então, está tudo resolvido, certo?

— Certo — respondeu Keith.

— Tive a impressão de que você estava mostrando suas chaves a ele — disse ela.

Um Lugar Especial

— Estava mesmo, Mags, estava mesmo. Vou dizer o que eu acho. Meu sobrinho precisa ter um hobby, isso está claro. Então, sugeri a ele colecionar chaves, assim como eu. A gente pode se distrair bastante com uma velha chave, imaginando todas as pessoas que a usaram e o tipo de porta que ela abria.

— Você gosta dessa ideia, Keith? — Maggie parecia cética, e com razão.

— Gosto — respondeu o garoto. — Gosto, sim.

— Seria bom você ter um hobby. Talvez eu possa ficar de olho para ver se encontro chaves velhas e ajudar você a iniciar a coleção.

— Seria ótimo, mãe.

Keith olhou de relance para o tio. A sombra projetada pela aba do chapéu incidia sobre uma parte de seu nariz, realçando-o e fazendo com que Till parecesse um daqueles rostos de presidentes talhados no monte Rushmore.

— Esse garoto vai longe — observou Till. — Como vai! Ele está no caminho certo. Agora, vamos botar um ponto final nisso. Eu não ficaria surpreso se Keith acabasse se tornando médico. Isso mesmo. Um genuíno doutor. Anime-se, minha bela jovem. Seu garoto possui todas as ferramentas necessárias. Ele só precisa descobrir como usá-las.

Por trás de tudo que o tio dissera, pensou Keith, havia outra linha de pensamento, destinada apenas a ele.

―――

Embora vivesse em Columbus, Ohio, Tillman Hayward estava passando duas semanas na casa do irmão Bill. Ninguém sabia disso, com exceção dos familiares. Ele dormia na velha cama do quarto de hóspedes e, de vez em quando, juntava-se aos demais durante as refeições. Às vezes, Till passava as noites com a família, tecendo comentários mordazes sobre filmes como *Gunsmoke*, *O homem do rifle*, ou o que quer que eles estivessem assistindo na TV,

Um Lugar Especial

mas, em geral, vestia suas roupas estilosas e saía por volta das nove ou dez da noite, só retornando pouco antes do amanhecer. O tio Till não tinha um emprego comum. Ele fazia "negócios" e arquitetava "planos", ele "dava um jeito nas coisas". Bill Hayward, o pai de Keith, trabalhava havia 12 anos na fabricação de sprays para a Continental Can e invejava a liberdade do irmão. Desde que solicitara uma promoção para o cargo de supervisor e ela lhe fora negada, Bill chegava em casa irritado e carrancudo, reclamando do trabalho e fedendo a solvente. Para o irmão mais novo, a sorte e o belo rosto de Till haviam lhe permitido escapar da prisão de uma vida operária. O homem era uma espécie de mágico, e, o que quer que fizesse para se sustentar, não podia ser julgado pelos sistemas usuais.

Acima dos dois pairava o exemplo da irmã mais velha, a mais bela dos três, Margaret Frances, que trocara o nome para Margot, arrumara um bom trabalho numa rádio em

Minneapolis e se casara com um milionário chamado Rudy. Margaret Frances/Margot nunca ligara muito para a família, e, depois do nascimento de seu primeiro filho, Mortimer, parara até mesmo de enviar cartões de Natal. Margaret Frances/Margot tinha ficado rica, e quem poderia dizer que Tillman, quase tão atraente quanto ela, não faria o mesmo?

    O tio Till gostava de um seriado da TV chamado *Peter Gunn*. Ele se achava muito parecido com Craig Stevens, o detetive particular de cabelos escuros que usava ternos caros e frequentava clubes de jazz. Keith até via a semelhança, mas achava que o tio atuava no outro lado da lei, o oposto ao de Peter Gunn. Provavelmente por isso, a sua presença na casa precisasse ser mantida em segredo. Seus pais eram propositalmente vagos a esse respeito. Bill Hayward decidira que as mulheres que telefonavam à procura de Till não poderiam saber que ele estava lá, pois queriam botar as garras nele. Que diabos, o homem *precisava* se esconder!

Um Lugar Especial

Essa obrigação de negar a presença de Tillman na casa se estendia também aos homens. Em vez de telefonar, eles costumavam aparecer e tocar a campainha. E não dava para esperar que fossem embora, porque aqueles sujeitos não tinham educação. Apertavam a campainha e esmurravam a porta, às vezes gritando, até alguém aparecer e falar com eles. Autodenominavam-se amigos, embora fossem credores; diziam que queriam pagar um empréstimo, mas, na verdade, eram maridos furiosos. Ou policiais que desejavam solucionar casos antigos, jogando a culpa em Tillman Hayward, a quem secretamente invejavam.

— E deveriam invejar mesmo — dizia o pai de Keith. — Till possui um radar com o qual eles mal conseguem sonhar. Meu irmão sabe das coisas. Ele é capaz de dizer quando um policial está vigiando a casa, e então se esconde no quarto até o sujeito ir embora. Na verdade, Till seria um policial muito melhor do que qualquer um desses otários que a cidade sustenta. Só que ele nunca quis ser um mero brutamontes com uma arma.

Toda semana, o tio Till se recolhia por uns dois dias no quarto de hóspedes nos fundos da casa, onde se enroscava nos cobertores e lia o jornal, escutava o rádio e bebia uísque, ou, às vezes, apenas se recostava na cabeceira da cama, abraçava os joelhos e olhava fixamente para as paredes desbotadas. O homem nunca tirava o chapéu, nem na cama. Keith achava isso maneiríssimo.

— Keith, saia daí, deixe o seu tio em paz — gritava a mãe. — Till não quer um garoto grudado nele o dia inteiro.

— O garoto não me incomoda — gritava o tio Till de volta. — Na verdade, é até uma boa companhia.

Certos dias, o radar de Till lhe dizia que ele não podia sair pela porta da cozinha para o jardim dos fundos. A casa estava sendo vigiada bem de perto — certos dias, ele precisava tomar

Um Lugar Especial

cuidado para nem mesmo passar perto das janelas.

— Eu não fiz nenhuma dessas coisas de que estou sendo acusado — explicou. — Não estou dizendo que nunca cruzei a linha, porque é para isso que ela serve. Mas o chefe da polícia daqui, Brier, gosta de se exibir. Acha que os policiais deveriam poder atirar até *em quem atravessa a rua fora da faixa.* Brier adoraria me colocar atrás das grades.

Olhando para o sobrinho, sua expressão tornou-se mais sombria.

— Você sabe o que vai acabar acontecendo? Um dia, algum policial vai sair de um beco e pular bem na sua frente. E vai perguntar: você sabe onde podemos encontrar seu tio Till? Ele está hospedado na sua casa, Keith? Só queremos conversar com ele, quem sabe você pode nos ajudar? E você vai dizer...

— Não sei onde ele está. Mas adoraria que ele aparecesse lá em casa, porque a gente costuma conversar sobre beisebol.

— Esse garoto é bom — elogiou Till, inclinando-se para despentear o cabelo de Keith.
— Você e eu, certo? Você e eu.
— Você e eu — repetiu Keith, orgulhoso.
Certa vez, Keith espiou pela porta do quarto do tio e o encontrou sentado na cama, de chapéu, olhos perdidos no espaço. Olhando para dentro de si mesmo, pensou o menino. Till saiu do transe, convidou-o a entrar e começou a falar sobre seus filmes prediletos.
— Tem um cara, um dia você vai se amarrar nele tanto quanto eu. Alfred Hitchcock, o mestre do suspense, é como o chamam. Talvez ele seja o melhor diretor de todos os tempos. Já ouviu falar nele?
— Acho que sim — respondeu Keith, esperando que o tio continuasse, sem parar para fazer perguntas. Os músculos retesados, os ângulos do rosto, a beleza escondida sob a borda do chapéu, o controle das mãos, a espiral de fumaça que se desprendia do cigarro preso entre os dedos: tudo isso, e mais, ele desejava absorver e memorizar.

Um Lugar Especial

— Pra mim, o melhor filme dele é o último, *Um corpo que cai*. Foi lançado esse ano. *Doido*, muito doido esse filme, garoto. As louras, elas são todas a mesma mulher, só que você não sabe disso, elas estão sempre caindo de janelas e penhascos, e você *sabe* que as putonas não vão sobreviver, droga, desculpe o palavrão, você sabe que as *mulheres* vão se arrebentar no chão ou bater na água e afundar, portanto, se elas não se afogarem, vão acabar achatadas como um inseto esmagado. Fiquei com um nó na garganta, Keith. E o sujeito, Jimmy Stewart, só que o Jimmy Stewart *mau*, como um gêmeo malucão, segue a loura até um museu e a observa observar um quadro, e fica observando ela enquanto ela continua a observar, é tão *sinistro*, não tem mais ninguém naquela sala enorme, com exceção deles dois, e, por fim, você tem que observar o quadro também. É realmente terrível, parece uma porra de um desenho animado! Diabos, você diz pra si mesmo, o quadro é falso! A gente nunca encontraria uma merda dessas num museu elegante. Mas aí você percebe que a metade dos cenários do filme também é falsa, e a garota é igualmente falsa, e o herói é louco e, além disso, ele é cruel como o capeta, você devia ver a forma como ele trata a garota...

Till sorriu. Por um momento, pareceu um gato com uma mariposa presa entre as patas.

— Talvez seja o melhor filme de todos os tempos. Maldito, quase me fez ir vê-lo de novo. Assim que saí do cinema, tive que ir para um bar. *Mas*. E esse é um grande, grande mas. O *segundo* melhor filme de Hitchcock poderia ter sido ainda melhor. Fui que nem mosca no pote de mel. *A sombra de uma dúvida*. Se não me engano, é de 1943. Você já viu esse filme?

— Acho que não.

— Não, você nem era nascido, era? Então você tem que ver *A sombra de uma dúvida*. O grande Joseph Cotten, se não fosse por Lawrence Tierney e Richard Widmark, seria meu ator favorito. O único problema com o

Um Lugar Especial

filme é que Hitchcock estragou o final. Os donos do estúdio, ô gentinha podre, cara, devem ter visto o que estava acontecendo e mandaram uma mensagem pra ele, rapidinho. Bateram na porta e, quando ele abriu, um troglodita entregou um pedaço de papel dizendo: *Mude o final do filme ou vamos queimar a tua casa e matar a tua mulher.* Eles tinham que se meter e estragar tudo?

— Por quê?

— Eles querem que as coisas sejam de determinada forma, entende? Certo é certo, e errado é errado, e assim tem que ser tudo. Se o que eles chamam de "certo" não ganhar sempre, os bundões da grana ficam irritados.

"Pois bem, o que acontece em *A sombra de uma dúvida*? Joseph Cotten, o tio Charlie, chega numa cidade da Califórnia onde vive a irmã, casada com um idiota. Eles têm uma bela filha adolescente. A irmã e a sobrinha adoram Joseph Cotten, ele é o colírio dos olhos delas. A primeira metade do filme transcorre assim. Só que nós, os espectadores, sentados em nossas cadeiras, enchendo a cara de pipoca, aos poucos vamos percebendo que o bom e velho Joseph Cotten tem um lado sombrio forte, e é algo a ver com mulheres.

"Quero dizer, isso não é problema, é? Não *pode* ser, pelo menos pra qualquer um que viva no mundo real. Se eles fizessem um filme sobre a gente, você ia querer que eu fosse morto no final?"

Keith fez que não.

— É por isso que eu sei que aquela gente podre do estúdio obrigou Alfred Hitchcock a matar o tio Charlie no final, em vez de deixá-lo fazer o que era certo. Porque o *verdadeiro* final seria o tio Charlie e a garota fugirem juntos, tornando-se o que a gente chamaria de parceiros no crime.

— Crime — repetiu Keith, ficando ainda mais interessado. Uma sopa de urtigas escaldante tentou forçar passagem pela sua garganta, e ele engoliu com força para mantê-la no estômago. — Que tipo de crime?

Um Lugar Especial

O tio Till fez sinal para que ele chegasse mais perto. Seu rosto adquiriu um brilho sombrio quando o garoto se aproximou. Assim que Keith chegou perto o suficiente, Till esticou o elegante braço esquerdo, agarrou o ombro do sobrinho com seus dedos fortes e o puxou para baixo até a orelha do menino ficar próxima à sua boca. Ele exalava um cheiro de loção de barba almiscarada, tabaco e suor.

— No mundo real?

Till abafou uma risada, e Keith sentiu suas entranhas se contorcerem.

— Isso é o que eles fariam. Obrigariam as mulheres a lhes darem dinheiro e depois as matariam. Não sei como eles fariam isso, mas, se fosse *eu*, com certeza usaria uma faca.

O tio soltou o ombro do sobrinho. Com o rosto em chamas, Keith se empertigou. Mesmo que tivesse um ano inteiro para pensar a respeito, ainda assim não conseguiria descrever a confusão de sensações que se instaurara dentro dele. O tio Till, completamente relaxado, devolveu-lhe um sorriso que parecia vir das profundezas do seu ser. Uma celestial expressão de felicidade iluminou seus traços quando ergueu o queixo e olhou para algum ponto que só ele conseguia ver.

— Sabe como os jornais em *A sombra de uma dúvida* chamavam o bom e velho tio Charlie? O Assassino da Lua de Mel. É engraçado, como eles rotulam uma pessoa com um apelido desses.

— É mesmo — concordou Keith, sem saber se tinha entendido direito o que o tio quisera dizer com aquilo.

— É exatamente a mesma coisa que algum jornalista do *Milwaukee Journal* escrever um artigo chamando você de O Assassino de Gatinhos. O Assassino dos Gatos Tigrados. Isso não seria correto, seria?

Keith, que já estava ruborizado, ficou roxo.

— Não.

— Tem muito mais *por trás* disso. Você sabe do que estou falando.

A voz de Maggie Hayward chegou até eles vinda da cozinha, dizendo a Keith para deixar

Um Lugar Especial

o tio em paz. Dessa vez, Till sinalizou para que o menino acatasse.

Keith atravessou o corredor em direção à cozinha. Um misto de pensamentos e emoções fervilhava dentro dele, subindo do peito para a cabeça e fazendo o caminho de volta. Sentia como se o tio tivesse marcado seu cérebro com um ferro em brasa. *Você sabe do que estou falando.* Sabia?

Se fosse eu, usaria uma faca.

Será que o tio estava falando de usar mesmo uma faca? Qual seria a sensação? Jamais poderia descrever como se sentira quando, após uma batalha titânica, conseguira encurralar o sibilante e furioso gato no terreno baldio do final do quarteirão e enfiara a faca de trinchar em sua barriga.

Keith entrou na cozinha esperando passar despercebido. A mãe se virou para ele e inspecionou seu rosto, como de hábito. Da grande panela de alumínio que chiava sobre o fogão desprendeu-se um cheiro forte de cenouras, cebolas e carne ensopada. O que quer que Maggie Hayward tenha visto em seu rosto fez com que ela franzisse as sobrancelhas e o observasse com mais atenção. Por um momento constrangedor, seus olhos buscaram e encontraram os dele. Aquele instante de contato visual trouxe à tona uma nova percepção, de que agora Keith e sua mãe tinham quase a mesma altura, fato esse que o deixou ao mesmo tempo incomodado e eletrizado.

Um líquido marrom-claro pingou de uma concha que ela segurava na mão direita.

— Keith, seu rosto está vermelho — observou Maggie. — Você está com febre?

— Acho que não.

Ela se aproximou e apertou a mão livre contra a testa do filho. Keith viu algo parecido com um molho começar a pingar sobre o piso azul de linóleo.

— Mã-ãe. Sua concha.

— Ah, droga — replicou ela, e, num simples movimento, virou-se de lado para colocar a

Um Lugar Especial

concha sobre a pia, pegar uma toalha de papel, se abaixar e limpar a pequena mancha. O papel toalha voou para dentro da lixeira.

— Sobre o que você e Till costumam conversar?

— Beisebol — respondeu o menino. — E filmes.

— Vocês conversam sobre filmes? Que filmes?

— Ele gosta de Alfred Hitchcock. Mas, na maior parte do tempo, conversamos sobre beisebol. Os Braves. Eddie Mathews.

— É sobre isso que vocês conversam? Eddie Mathews?

— E Spahnie — acrescentou Keith. — Mas o tio diz que Eddie Mathews é o melhor jogador da Liga Nacional.

— Gosto de saber que vocês conversam sobre o nosso time — comentou ela.

— É, é ótimo mesmo ter um bom time.

E, com isso, Keith escapou para seu quarto no andar de cima.

No dia seguinte, a previsão do tio Till aconteceu exatamente como ele descrevera. Um homem grande num terno cinza-escuro surgiu do nada na frente de Keith, que caminhava distraído e aparentemente sem destino, postura que visava disfarçar seu progresso em direção ao terreno baldio. Aquela desolação coberta de ervas daninhas, onde tijolos gigantescos se encontravam espalhados em torno de um tronco de árvore enegrecido pelo fogo, onde trepadeiras cobriam uma cerca telada ao fundo, e onde um garoto ágil podia se enfiar em meia dúzia de pequenos esconderijos, vinha povoando ultimamente sua imaginação: quando não estava celebrando o milagre da presença do tio Till, Keith sonhava acordado em deslizar de barriga pelos arbustos de cenouras selvagens que cresciam próximo às entradas do terreno, perscrutando o mato baixo em busca de presas.

Keith estava tão concentrado em chegar ao destino que fingia não ter que chegar a lugar

Um Lugar Especial

nenhum; quando o policial pulou na sua frente, ele agiu como se o desconhecido fosse um mero obstáculo, tal como uma lata de lixo, e tentou passar direto.

A mão enorme do homem agarrou-o pelo ombro e uma voz grave pediu:

— Espere só um segundo, filho.

Surpreso, o menino ergueu os olhos e se deparou com um rosto largo e cheio de cicatrizes, uma boca praticamente sem lábios e olhos como contas azuis incrustadas no fundo de órbitas escuras e repletas de rugas.

— Ei — replicou Keith, tentando se livrar da mão que o segurava.

O homem apertou o ombro de Keith com mais força ainda e o puxou para trás.

— Você é Keith Hayward, não é?

— E daí?

— Não estou atrapalhando você, certo? Você não tem nenhum compromisso importante ou uma namorada esperando, tem?

Keith fez que não.

— Nós vamos nos dar muito bem. E como eu tenho certeza disso, Keith, vou soltar seu ombro e você vai ficar parado aí e conversar comigo, entendeu?

— Tudo bem — respondeu Keith, e o homem o soltou.

O sorriso enferrujado do sujeito destoava do resto de seu rosto.

— Meu nome é detetive Cooper. Policiais como eu... nós somos os mocinhos, Keith. A gente protege pessoas como você e sua família da escória da sociedade, que poderia machucá-los se não estivéssemos por perto. Sabe por que eu quero conversar com você?

Uma imagem vívida inundou a mente de Keith. Ele pensou, *chutei aquele gato de encontro à cerca, depois o agarrei pelo pescoço e enfiei a faca de trinchar na barriga dele.*

— Não.

— É importante que você me conte a verdade, Keith. Os policiais sempre sabem quando alguém está mentindo. Especialmente os dete-

Um Lugar Especial

tives. Talvez eu não tenha sido claro o suficiente. Bom, deixa eu lhe perguntar uma coisa, Keith. Tem alguém hospedado na sua casa? Alguém que não seja da sua família?

Keith não respondeu.

— Quero dizer, alguém além da sua mãe e do seu pai? Talvez um parente seu?

— Não — disse Keith.

— Não acho que você esteja me falando a verdade, Keith. Eu *sei* que você está mentindo. Deixa eu lhe dizer uma coisa. É para o seu próprio bem, e quero que pense nisso. Mentir para a polícia é um crime grave. Se fizer isso, vai acabar se metendo numa grande enrascada. *Grande* enrascada. Assim sendo, vamos tentar de novo? Você faz a coisa certa, e eu esqueço que mentiu para mim. Tudo bem?

— Tudo bem. — Keith estava fascinado pelo detetive Cooper. Ele prosseguia como se gentileza e paciência fossem traços característicos dele, mas era tudo fingimento, uma performance, e nada convincente.

— O motivo de eu estar aqui é que quero conversar com seu tio Tillman. As pessoas o chamam de Till, o que, se fosse o meu caso, não me agradaria nada, mas acho que ele não se importa. Till mora em Columbus, Ohio, mas não tem sido visto por lá já faz uma semana e meia, mais ou menos. Aposto que ele está acampado na sua casa. Till está lá agora, não está? Se você me contar a verdade dessa vez, Keith, vou me esforçar para você não ter nenhum problema com a lei.

— Eu não fiz nada! — berrou Keith. — Ninguém disse que eu estava com problemas até agora!

A transparente dualidade de Cooper, o jeito calmo e amigável que encobria uma personalidade, na verdade, dura e impiedosa, assustava Keith mais do que o que ele estava dizendo. E esse eu interior do detetive parecia estar fervilhando, inchado a cada segundo, ameaçando engolir o eu exterior. Em segundos, a cabeça dele ficaria com 60 centímetros de largura, e ele cobriria a calçada inteira, ainda proferindo aquelas palavras tranquilizadoras e sem sentido.

A mão do detetive se fechou em torno do braço de Keith e o arrastou para a sombra de um olmo semimorto. Assim que se afastaram da luz, Cooper soltou seu braço e começou a lhe dar tapinhas nas costas.

— Tudo vai ficar numa boa, garoto. Ninguém está dizendo que você está com problemas. Pode parar de se preocupar.

Aos poucos, o momento de pânico surreal esmaeceu, fazendo com que Cooper voltasse a ser um homem comum, e não um horrível balão de carne inflado. Keith recobrou a noção de suas ambições e deveres.

— Você está bem, Keith? Descanse um minuto. Acalme-se.

— Estou bem — respondeu o garoto. — Nunca fiquei mal. Por que você está falando comigo desse jeito?

— Tive a impressão de que você ia começar a chorar. Estou do seu lado, filho, você precisa entender isso. E acho que sei por que você queria chorar.

— Eu não queria chorar. — *Você não é assim, você é uma farsa,* pensou o menino. *Em seguida, talvez eu queira chorar.*

— Bom, achei que quisesse. E quer saber por que eu acho isso?

Você já me disse, pensou Keith, e o detetive Cooper preencheu o silêncio que se seguiu com as palavras exatas que o garoto esperava escutar.

— Você não gosta de mentir para mim, tenho certeza disso, Keith. Você quer me dizer a verdade, mas está com medo de que eu machuque o seu tio. Eu só quero conversar com ele. É só isso, filho. E, se eu conseguir conversar com ele, talvez possa até ajudá-lo.

Mesmo em meio a todo o seu pavor, o que qualquer um poderia esperar de um garoto de 12 anos subitamente confrontado por um policial parrudo, o absurdo da situação — um homem com cara de babaca achar que poderia ajudar

Um Lugar Especial

Tillman Hayward — fez com que ele tivesse vontade de rir.

— Vamos tentar mais uma vez, Keith. Bem lá no fundo, você quer me contar a verdade. O tio Till está escondido na sua casa, não está?

— Não — respondeu Keith. — Ele não está lá em casa. Mas eu gostaria que estivesse, porque aí nós poderíamos conversar sobre beisebol. O tio Till adora Eddie Mathews, e eu também.

— Eddie Mathews — repetiu Cooper.

— Se você tem tanta certeza de que ele está lá, por que não vai até a minha casa e procura por ele? Olhe dentro dos armários, desça até o porão, arraste os móveis.

— Keith, gostaria de poder fazer isso, gostaria mesmo. Mas a lei me proíbe. Seu tio não quer que ninguém o veja, não é?

— Meu tio é fascinado pelos craques dos Braves — continuou Keith. — A gente costumava conversar sobre Warren Spahn, porque ele acha que Warren Spahn é um gênio do beisebol.

O detetive Cooper se aproximou do rosto de Keith. O sorriso enferrujado desaparecera, e seus olhos tinham adquirido a cor de gelo seco. O menino sentiu uma forte e ardente fisgada de terror nos pulmões e na garganta.

— Obrigado pela sua cooperação, Keith. E, cá entre nós, deixa eu lhe dizer só mais uma coisinha. Acho que você tem o direito de saber que é, sem a menor sombra de dúvida, o garoto mais feio que já tive o privilégio de conhecer. Essa *é* a verdade, Keith. Você é feio que nem o capeta. Um vômito na calçada é mais bonito do que você. Se troféus fossem distribuídos para rostos horrorosos, você ganharia todas as vezes. Nenhuma garota vai querer sair com você, Keith. Você nunca vai se casar, nunca vai sequer ficar com uma garota, porque, sempre que tentar, ela vai sair correndo aos berros.

O detetive Cooper se empertigou, afastou-se da sombra do olmo e desapareceu sob o sol forte que se refletia nos tetos dos carros, nos para-brisas e nos pontinhos brilhantes do asfalto.

Um Lugar Especial

Keith não tinha certeza se ainda conseguiria andar. Sentia como se o parrudo e soturno policial tivesse cortado suas pernas na altura dos joelhos. Os filetes que escorriam pelo seu rosto gelaram antes que percebesse que estava chorando. Só depois de passar a manga da camisa pelo rosto foi que se sentiu em condições de prosseguir quarteirão abaixo. Ao chegar no terreno baldio, Keith continuou andando até alcançar o Sherman Boulevard, onde disparou como um míssil em direção ao imóvel abandonado que a conversa com o tio Till invocara em sua mente.

1962-1963

Miller tinha um nome de batismo, Tomek, que ninguém usava. A maioria das pessoas sequer sabia disso. Mesmo na escola primária, onde não tinha amigos, ele sempre fora chamado de "Miller", como, por exemplo: "Miller, abaixe aí e limpe meu cuspe do chão com a língua", ou "Miller, você acha que vai sair vivo daqui hoje?". Apesar de tantas adversidades, sua vida acabou melhorando no ensino médio, pelo menos durante um tempo, pois, em dezembro do seu primeiro ano, ele conquistou um amigo. Infelizmente, esse amigo era Keith Hayward.

Até o dia em que resgatou seu futuro camarada de mais uma sacanagem imposta pelos demais alunos, o próprio Keith vivera praticamente sem amigos, embora não tão depressivamente quanto Miller. A falta de atrativos ressaltada pelo detetive Cooper tinha, na verdade, se aprofundado nos quatro anos desde o encontro deles e, nessa época, piorara devido a uma terrível explosão de acne que espalhara pústulas, muitas delas visivelmente purulentas, em cada poro de sua testa estreita e das bochechas murchas. A menos que possuam uma inteligência brilhante, ótima capacidade de interação social ou um grau incomum de autoestima, os verdadeiramente feiosos tendem a ter problemas na escola. Claro que Keith não possuía nenhuma dessas coisas, mas, ainda assim, diferentemente

Um Lugar Especial

de Miller, nunca fora o Judas. Ele detinha a arma secreta de seu verdadeiro eu, o qual protegia e resguardava, só liberando por prazer ou autodefesa. O prazer era buscado no quarto particular que criara para si no porão do imóvel abandonado do Sherman Boulevard; a autodefesa ocorria naqueles momentos em que algum valentão decidia transformá-lo numa vítima de bullying, tal como agiam com Miller. Nessas horas, Keith não fazia nenhuma das duas coisas de que se valem as vítimas natas. Não baixava os olhos e ficava em silêncio nem se encolhia, esperando piedade. Em vez disso, marchava ao encontro de seu carrasco em potencial, olhava dentro dos olhos dele e dizia algo assim: "Se eu fosse você, dava o fora já." As palavras em si não eram importantes. O que afetava os valentões, que realmente se afastavam, sem exceção, era a expressão que viam nos olhos dele. Eles não tinham como defini-la nem como descrevê-la, mas algo nela lhes dizia que o garoto menor e aparentemente digno de pena sabia mais do que eles sobre como causar dor. E gostava disso mais do que eles, de um jeito diferente. Naquele metiê, Keith não conhecia limites; nenhum.

Por volta do começo do segundo ano, essa postura de Hayward lhe garantira uma crescente reputação de perigo em potencial entre os colegas, embora professores e funcionários da Lawrence B. Freeman High School não fizessem ideia de que se esgueirando pelos corredores e entalhando discretamente as mesas estava um exemplar humano verdadeiramente selvagem. A maioria dos professores de Keith sentia pena dele; a diretoria sabia apenas que Hayward era um aluno medíocre, com uma absoluta indiferença às atividades em grupo.

E Hayward, que nunca prestara atenção em Miller, sequer sabia o nome dele naquele dia do início de dezembro em que entrou no banheiro masculino e viu algo que o diretor chamaria de "uma situação infeliz" ocorrendo no espaço entre os mictórios e as pias. Cinco ou seis garotos do segundo ano estavam reunidos em torno de

Um Lugar Especial

um menino mais novo ajoelhado nos ladrilhos. Um deles falava com o menino, mas, assim que percebeu a presença de Hayward, calou a boca e se virou de cara feia para o intruso.

O menino ao lado dele, Larry Babb, que Keith conhecia superficialmente, falou:

— Sai daqui, Hayward.

— Não — retrucou Keith. Enquanto os meninos ficavam calados, pasmos, ele se encaminhou para os mictórios.

— O que você disse? — perguntou por fim um incrédulo Babb.

— Estou pouco me fodendo para o que vocês estão fazendo. Vão em frente. Continuem.

— Ah, vai se foder você — replicou Babb, observando Keith.

Hayward se virou, encostou-se na parede e cruzou os braços, sem dúvida se ajeitando para apreciar o espetáculo.

— O que vocês vão fazer, baixar a porrada?

O garoto, que calara a boca ao escutar Hayward entrar no banheiro, virou-se para Babb.

— Você *conhece* essa espinha ambulante?

— O nome dele é Hayward — respondeu Babb, como se isso fosse o bastante.

— Hayward? Quem é *Hayward*?

— Ele é um ano mais novo do que a gente.

— Já sei, vocês iam mijar nele — interveio Keith.

— Se livra dele, Babb — falou o outro, obviamente o líder, cujo nome Keith descobriu mais tarde ser Tolbert "Rocky" Glinka.

Larry Babb olhou para ele como que dizendo "por que eu?", e, sem surtir o efeito desejado, virou-se para Hayward com uma expressão de estudada autoridade.

— Você escutou o Rocky. Sai daqui enquanto ainda pode.

— Vocês realmente iam mijar no garoto.

— Keith sorriu para Babb; em seguida, por cima do ombro, para Rocky Glinka. — Vocês são mesmo os fodões do pedaço, né não?

— Chame do jeito que quiser — replicou Glinka. — Larry?

Um Lugar Especial

Babb andou em direção a Hayward tentando parecer o mais ameaçador possível, na esperança de que o garoto menor, infestado de espinhas, fugisse sem que fosse preciso tocá-lo. Sorrindo, Hayward deu um passo à frente, interceptando-o. Enfiou as mãos nos bolsos. Babb notou que ele exalava um cheiro estranho, como algo esquecido na geladeira.

— Você ia colocar o pau pra fora na frente do garoto e se exibir pros seus chapas?

— Se manda — repetiu Babb.

— Vou ficar e assistir. *Você* não vai me impedir, vai? — Keith olhou direto nos olhos de Babb, já bem menos confiantes.

O outro garoto desviou os olhos e deu um passo para trás.

— O que vem de baixo não me atinge, seu esquisitinho de merda.

— Como é que é?!? — gritou Glinka.

— Pode fazer o que quiser, mas eu vou embora daqui — falou Babb. — A sineta vai tocar em cinco segundos.

— E daí?

— Vai em frente, exibe aí seu show — provocou Hayward.

O garoto encolhido no chão começou a chorar.

— Miller, você deu sorte, mas ela não vai durar pra nenhum de vocês dois. — Glinka saiu marchando do banheiro, seguido por seus comparsas.

Acima do burburinho do corredor, Keith escutou Glinka dizendo:

— Podem parar de *zoar*, seus idiotas?

O som das vozes dos meninos desapareceu corredor abaixo e foi substituído pelo barulho habitual entre as sinetas: passos, risadinhas e portas de armários sendo fechadas.

Entretanto, o garoto ajoelhado no chão do banheiro não fazia parte do quadro habitual. Ele chorava, com a cabeça encostada no chão, numa posição que fazia com que as lágrimas escorressem pelas têmporas em direção ao cabelo. E dava a impressão de estar repetindo alguma espécie de frase, embora sua voz parecesse emanar de uma daquelas abóboras esquecidas ao relento no último Halloween.

Um Lugar Especial

— Vai ter que fazer melhor do que isso — observou Keith. Passando ao lado do menino, aproximou-se do mictório de porcelana rachado, abriu o zíper, botou o pênis para fora e, com um gemido de prazer, aliviou-se. Hayward sempre gostara de urinar, gostava do toque, da exposição insólita, de liberar a pressão acumulada. Achava que seu pênis apreciava a atenção que recebia nessas horas, e, às vezes, como agora, ao final dos respingos, o órgão parecia decidido a mostrar que seu mestre estava certo. Dessa vez, percebeu Keith, sua ereção não ocorrera devido aos estímulos habituais, e sim por causa das palavras, agora compreensíveis, embora ainda engroladas, murmuradas pelo jovem calouro, cuja bunda apoiada sobre os calcanhares ele conseguia ver, se virasse a cabeça e olhasse de esguelha. O garoto estava ajoelhado como um muçulmano sobre um tapete de orações. Numa voz baixa e trêmula de exaustão, ele dizia: "Obrigado, obrigado, obrigado... *Odeio* quando eles mijam em mim... obrigado, obrigado,

obrigado." Em seguida, acrescentou algo que soou como: "Senhor."

— Meu nome é Keith, certo? — Keith enfiou o pênis de volta dentro das calças. O calouro humilhado continuou a murmurar atrás dele. — Para com isso. E levanta daí. Se alguém entrar aqui, vamos ter problemas.

— Keith continuou de frente para o mictório, a fim de esconder o volume em suas calças.

— Tá bom — murmurou o garoto. — Só queria que soubesse que estou realmente agradecido. Ser mijado é horrível. Você tem que ir pra casa e trocar de roupa, e todo mundo sabe o que aconteceu. É... meu nome é Miller.

Por fim, Keith escutou Miller se levantando.

— Quantas vezes isso já aconteceu?

— Só uma. Bom, duas. Mas, da primeira vez, foi só o Rocky, e eu estava sentado numa vala aberta.

— Nesse caso, então, você pediu.

— Não, ele me empurrou e eu caí. Rocky me odeia. Quase todo mundo me odeia. — Fez-se uma pausa. — Por que você está desviando os olhos?

Um Lugar Especial

Incapaz de prolongar ainda mais o momento, Keith se virou. Sua ereção, que já diminuíra um pouco, ainda fazia volume sob o zíper.

O garoto pequeno, magro e branquelo diante dele tinha ombros arqueados, mãos grandes que faziam seus pulsos parecerem finos demais e cabelos pretos maltratados. Os olhos e o nariz eram demasiado grandes para o rosto; no todo, ele parecia um elfo mirrado. Os olhos protuberantes desviaram-se do rosto tomado de acne de Keith para o volume na virilha e, em seguida, desviaram-se de novo, em pânico.

— Eles ficaram com medo de você — comentou Miller. — Rocky e os outros. — Na ponta dos pulsos finos, as mãos gigantescas estavam tremendo.

— Isso não significa que você também precisa ter medo.

— Certo — assentiu Miller. — Você não vai mijar em mim, vai? Eu acho que não.

— Hoje, com certeza, não. — A expressão desamparada no rosto de Miller fez Keith cair na risada. — Brincadeira. Ei, gostaria que me agradecesse por ter salvado você do Rocky e seus comparsas.

— Mas você me disse para ficar na minha.

— Isso foi quando você estava todo encolhido no chão e nem conseguia falar direito. Quero que me agradeça agora, de pé.

— Obriga...

— Espera aí, Miller. *E*. Quero que me agradeça fazendo uma coisa por mim.

O pomo de adão do garoto subiu e desceu.

— A sineta já deve ter tocado.

— Seja meu amigo — pediu Keith.

— Claro — concordou Miller, surpreso. — Não tenho amigos.

— Nem eu. Então, podemos ser amigos, você e eu. Certo? Só tem uma coisa, eu te salvei daqueles caras, portanto, você está me devendo uma.

— Há quanto tempo seu rosto está assim?

Ele estava tentando mudar de assunto, mas os dois sabiam do que Keith estava falando e, de certa forma, já tinham concordado sobre os termos do acordo.

Um Lugar Especial

— Porque você era dois anos mais adiantado do que eu na Townsend School e, naquela época, não tinha espinhas.

— Os bons e velhos dias da Townsend. Como eu nunca reparei em você?

— Quer saber de uma coisa? Em um ano, talvez menos, isso vai mudar. A mesma coisa aconteceu com o meu irmão. O rosto dele era tomado de espinhas. Quando elas desapareceram, ele ficou só com umas marquinhas.

— Você tem um irmão mais velho? Quantos anos ele tem? — Hayward pensou por um segundo. — Ele estuda aqui?

Miller engasgou.

— Ele não estuda em lugar nenhum. Meu irmão morreu. Meu pai o embebedou, e ele morreu. O nome dele era Vatek. Agora meu pai está preso, e minha mãe não me deixa visitá-lo.

— Onde você mora?

— Na Auer, 3.355.

A casa ficava apenas a alguns quarteirões da dele.

— No caminho pra casa, quero mostrar um lugar pra você — falou Keith, tirando do bolso um molho gigantesco de chaves.

E foi desse jeito que Keith Hayward adquiriu um garoto chamado Miller.

———

Depois de um período inicial de temor, seguido por aproximadamente uma semana de desespero, a criatura encurvada e desconjuntada, com olhos enormes e mãos que mais pareciam protuberâncias, aprendeu, pelo menos de certa forma, a apreciar o quarto particular de Keith. Às vezes, Miller passava os finais de semana brincando com as cabeças e rabos dos bichos, as patas flexíveis e as peles secas e sarnentas, tal como uma criança deixada livre com seus brinquedos. Quando estava ocupado com algum de seus vários "projetos", Hayward, de tempos em tempos, olhava por cima do ombro para o amigo e sorria, como um pai orgulhoso observando os movimentos intricados através dos quais as mãos desajeitadas do filho manuseavam seus troféus. Claro que Hayward não era pai de Miller, e sim seu mestre.

Miller aprendeu a aceitar sem queixas as obrigações sexuais que seu papel lhe impunha, porém, no processo, aprendeu também que seu mestre ficava excitado com o medo e a subserviência, a humilhação e a infelicidade, exatamente as táticas às quais atribuíra sua sobrevivência no primeiro ano do ensino médio. No intuito de se poupar das entediantes masturbações na "ferramenta" do mestre, que de qualquer forma era bem menor do que a dele, Miller tentou mudar algumas de suas atitudes e parecer mais confiante. Esses esforços obtiveram algum sucesso. Por volta de maio, durante as longas horas que os dois gastavam no quarto secreto de Keith, ele passava menos tempo como um brinquedo sexual e mais como uma espécie de curador-assistente, ajudando a arrumar os troféus e pôsteres.

Eles tinham começado a trabalhar com os numerosos cartazes de gatos e cachorros perdidos que apareciam com frequência na vizinhança.

PETER STRAUB

No começo, Keith mandara Miller arrancar os cartazes das paredes e postes e jogá-los fora, porém, ao final do inverno, percebeu que poderiam exibir os pôsteres ao lado dos restos dos bichos descritos. Combinar os animais mortos com os desenhos e descrições dos donos provou ser bem fácil, embora, por vezes, a falta de clareza na distinção entre "alaranjado" e "rajado" deixasse Keith louco de raiva. Se tivessem conseguido combinar corretamente os pôsteres com os restos dos gatos e cachorros, concluiriam que *havia* alguns rajados com o pelo alaranjado, quase avermelhado, já que, na maioria dos casos, os animais eram praticamente idênticos e os donos os descreviam como bem quisessem. De qualquer forma, os cartazes e peles de gato que cobriam as paredes do quartinho de Keith faziam com que parecesse um museu grotesco. As peles e cabeças dos animais pequenos, juntamente com os nomes, escritos em maiúsculas em pedaços de papel mimeografado, eram pendurados nas paredes laterais do quarto em três fileiras retas. Keith achava bonito esse arranjo.

Um Lugar Especial

Keith apreciava o fato de Miller ter entendido de imediato a necessidade de manter seu santuário bem-arrumado, e era grato à sua criatura por ter resolvido um problema que estava ficando mais sério a cada aquisição e que, com o tempo, poderia acabar acarretando invasões indesejadas em seu território. Era o problema de se desfazer dos restos. O trabalho de Keith gerava um acúmulo crescente do que ele chamava de "miúdos", os órgãos internos: pulmões, corações, fígados e intestinos, assim como várias outras partes pequenas e sanguinolentas que jamais conseguira identificar. Antes de Miller tomar conhecimento do quarto, Keith tinha o hábito de despejar as sobras — às vezes, um gato ou um cachorro quase inteiro — em um grande latão que o culto banido havia deixado para trás. Após dois ou três procedimentos, ele esvaziava o latão em sacolas de compras que roubava da gaveta da cozinha e carregava essas sacolas manchadas (muitas vezes pingando sangue!) pelas ruas até o terreno baldio do final do quarteirão onde morava. Uma vez lá, jogava as sacolas num dos cantos e tentava, da melhor maneira possível, cobri-las de terra. Os ratos e vermes faziam um belo trabalho para eliminar a maior parte das provas.

Na primeira vez que Miller observou esse procedimento, ele se arriscou, embora tremendo de medo pela incrível audácia, a sugerir uma forma melhor e menos arriscada de se desfazerem dos restos. Que forma? Seu mestre exigiu saber. Miller tinha uma *sugestão*? Por Deus, vamos ouvi-la.

Ainda tremendo, Miller falou de uma pilha de jornais velhos que havia no armário de vassouras e lembrou a seu mestre que o Joe's Home Cooking, o restaurante a dois prédios de distância, descendo o Sherman Boulevard, mantinha uma fileira de latões de lixo alinhados no beco. Se eles enrolassem os miúdos em jornal e jogassem os embrulhos nos latões de lixo, isso não seria uma solução melhor e mais eficaz para o problema?

Keith gostava do modo como Miller falava. Ele sempre dizia alguma coisa de um jeito ines-

Um Lugar Especial

perado. Miller falava como um adulto, mas nunca era vago ou enrolado. Falava com uma incrível clareza. O melhor de tudo era a maneira como sempre surpreendia Keith com suas ideias. Certa vez, Keith perguntou a ele se gostava do que ambos faziam com os gatos e cachorros, e Miller respondeu que tinha algumas ressalvas, mas que era muito melhor do que ser espancado ou mijado repetidas vezes.

— Seus pais nunca telefonam para a escola e reclamam?

— Nós não reclamamos — respondeu Miller.

— Meus pais possuem um sotaque estrangeiro muito forte, e qualquer espécie de autoridade deixa-os assustados. Eles acham que precisam ser submissos ao lidar com os verdadeiros americanos.

Cerca de metade dos garotos que Hayward conhecia poderia oferecer uma análise semelhante, mas nenhum deles conseguiria articulá-la com tamanha clareza. Era preciso ser esperto para usar as palavras daquele jeito. Quanto mais tempo Keith passava com Miller, mais se dava conta de que, com apenas um pequeno esforço, sua criatura, seu único amigo, poderia se dar muito bem na escola. Ainda assim, Miller só tirava B-, C e D, exatamente as notas que desejava, nem brilhantes nem vergonhosas demais para atrair a atenção. Ele nunca fazia os deveres de casa, e Keith suspeitava de que, por vezes, errava de propósito as respostas dos testes. Ao que parecia, seu principal objetivo na vida era passar despercebido pelo radar e escapar ou evitar ser notado. Por motivos diferentes, Keith desejava basicamente a mesma coisa.

No decorrer do primeiro ano do ensino médio, Miller começou a apreciar cada vez mais o círculo de proteção e segurança que Keith Hayward lhe proporcionava. Durante o inverno e a primavera, o preço a pagar por esse círculo mágico, sempre detestável, foi se tornando menos oneroso e cada vez mais um simples lugar-comum.

Na escola e no caminho de ida e volta da Lawrence B. Freeman High School, Miller experimentava quase diariamente os benefícios, gerados por seus esforços. Rocky Glinka ameaçara punir tanto ele quanto Keith pela humilhação no banheiro masculino, e, por um mês, Miller tremeu de medo sempre que se deparava com o burro e cruel valentão rosnando para ele nos corredores, mas a ameaça nunca se concretizou. Certo dia, Glinka, acompanhado de Babb, viu Hayward remexendo o armário do corredor. Ele se aproximou furtivamente, virou Keith e tentou empurrá-lo para dentro do espaço pequeno e absurdamente entulhado. Algo na atmosfera do armário fez com que se sentisse ameaçado. Glinka quis se afastar e sair dali rapidamente. Ao mesmo tempo, também desejava esmurrar Hayward e trancá-lo no armário. Ainda segurando o inimigo pelo braço, Glinka se afastou um centímetro e balançou a cabeça. O que era aquilo? Que cheiro era aquele?

— Tire suas mãos de mim e se afaste — falou Hayward.

Glinka ergueu a cabeça e olhou dentro dos olhos de Keith, na esperança de renovar sua coragem e energia. Foi como olhar dentro de uma caverna. Glinka soltou o braço do colega e deu um passo para trás.

— O que você tem aí? Seu armário está cheio de pelo? — Isso foi pura bravata.

— Não — respondeu Keith, batendo a porta do armário com força.

— Alguma coisa *olhou* pra mim — comentou Glinka, conseguindo se recobrar um pouco.

Keith se virou para Larry Babb, que estivera olhando por cima do ombro do companheiro.

— Leva ele daqui, Larry. Tira ele daqui.

— Você é maluco — retrucou Babb, e fez como lhe fora mandado. Ninguém na escola nunca mais incomodou Keith ou seu amigo, o garoto chamado Miller.

A vida de Keith melhorou de uma forma bem significativa também. Por volta de maio do terceiro ano do ensino médio, suas espinhas desapareceram quase por completo; como consequência, ainda que não tivesse se tornado (nem nunca se tornaria) um rapaz bonito, ele deixou de ser o homem-pústula, naqueles dias chamado de "cara de pizza". Muitas das cicatrizes

Um Lugar Especial

deixadas pela acne pareciam pequeninas facas inclinadas, as quais se uniam às longas linhas verticais que já cortavam suas bochechas. Pouco tempo depois, seu tio lhe disse que, se algum dia ele ficasse careca, acabaria parecido com o sujeito daquele quadro, *Gótico americano*.

DEZEMBRO-JANEIRO
1964-1965

F altavam três semanas para o Natal e, enquanto Keith pensava no que daria para o tio, Miller trabalhava em seu corpo nu. Como por vezes acontecia, em razão de seu empenho, Miller ficara excitado, e, devido à posição que assumira sobre o corpo de Keith, pela primeira vez no relacionamento deles, sua ereção ficou visível ao lado do rosto do mestre.

Keith não conseguia admirar sua própria ereção sem ver o órgão intimidante balançando diante de seus olhos. Uma gota límpida do líquido viscoso surgiu na ponta do pênis de Miller e começou a escorrer num filete prateado. Keith fechou a mão direita e deu um soco na parte de trás da perna de Miller com força suficiente para deixar um hematoma.

— Sai daí!

Miller virou a cabeça e, ao mesmo tempo, começou a descer da cama de armar. Os olhos estavam esbugalhados pelo choque.

— Você é veado? — gritou Keith. — Porque eu não sou.

— Veado? — Miller escorregou da beirada da cama e caiu de lado sobre o quadril. — Achei que quisesse que eu...

— Você não devia ficar *excitado* com isso! — Keith apontou e Miller baixou os olhos. — Não quero um veado chupando meu pau, Miller. Eu devia estar gostando disso, você não.

— É engraçado — replicou Miller. — Realmente, não gosto mesmo. Não sei explicar por

Um Lugar Especial

que fiquei excitado dessa vez. Embora isso *seja* sexo.

— Isso é para ser sexo para mim, Miller, não para você. Não *quero* fazer sexo com você porque não sou bicha. E o que você quer dizer com: *Realmente* não gosta de chupar o meu pau? Talvez isso não te dê prazer, é isso?

— Eu não devia sentir prazer — choramingou Miller. — Você não quer que eu sinta prazer!

— Você chegou perto demais! — Keith gritou com ele.

Miller se fechou numa bola, protegendo a cabeça com os braços e cruzando as pernas na frente do peito. O órgão ofensivo encolheu como se quisesse entrar corpo adentro.

Keith desceu da cama e deu um tapa no topo da cabeça de Miller. Seu escravo começou a gemer:

— Por favor, por favor, por favor, não me machuque, eu não sabia que era errado, *por favor*, Keith, *por favor*...

O corpo de Keith respondeu à humilhação de forma típica. Bater em Miller de novo só fez com que se sentisse ainda mais próximo do orgasmo. Ele colocou a mão sobre o pau e esfregou algumas vezes para cima e para baixo; foi o bastante.

— Pelo amor de Deus, vá se limpar — mandou Keith.

Enquanto o escravo saía engatinhando em direção a uma pilha de toalhas imundas, Keith Hayward teve uma ideia maravilhosa.

— Quero que conheça uma pessoa.

Miller tremeu.

— Não se preocupe — falou Keith. — Meu tio Till é um cara muito, muito legal.

Antes do ensino médio, Keith jamais se dera ao trabalho de pensar sobre os crimes atribuídos a Tillman Hayward pelo detetive Cooper. A atmosfera fantástica de desrespeito pela lei que cercava seu tio parecia explicação suficiente para o interesse da polícia. Sem dúvida, ele era responsável por centenas de crimes, talvez mais. A indiferença às tecnicalidades legais fazia parte do seu caráter. A forma como o homem descia lentamente a rua, o modo como se recostava no travesseiro, de chapéu e segurando um copo com três dedos de uísque, o jeito como fazia quase tudo, provavelmente seria visto com uma violação da ordem por alguém como o detetive Cooper. Algumas pessoas, uns poucos sortudos, nasciam assim, e alguns *desses* sortudos, como sua tia Margaret Frances/Margot conseguiam galgar o caminho até o topo do mundo, onde sempre havia dinheiro suficiente e se podia ter todos os carros, roupas e boas comidas que bem entendesse. Não era isso que todo mundo queria?

Quando Keith especulava sobre os crimes específicos que seu tio Till poderia ter cometido, não ousava imaginar nada além do fato de ele ter um quarto "particular" onde, tal como o sobrinho nos últimos anos da escola primária, dissecava os bichos de estimação de outras pessoas. A imaginação de Keith só ia até aí; além disso havia um abismo.

Durante todo aquele tempo, as conversas no jardim dos fundos e no quarto de hóspedes, que tinham sido as melhores conversas de sua vida, pairavam em sua mente como fumaça, às vezes adquirindo significados que, em poucos segundos, desapareciam. Sentia como se estivesse trêmulo diante de uma grande porta escura, aterrorizado demais para ousar girar a maçaneta. Keith nunca vira o filme de Alfred Hitchcock que o tio amava, uma vez que *A sombra de uma dúvida* era antigo demais para os cinemas e demasiado perturbador para ser exibido no horário familiar das redes de televisão.

No decorrer dos anos da escola primária, o fato de Keith só pensar em si mesmo fez com que não desse muita importância às histórias dos jornais e das rádios sobre o Assassino de Mulheres. Talvez para o seu próprio bem, os pais evitavam conversar sobre os assassinatos e trocavam os canais ou as estações do rádio sempre que o assunto era mencionado. Keith sabia que alguém estava matando mulheres, três ou quatro ao ano, em intervalos grandes o bastante para que ele esquecesse os crimes. Embora, às vezes, imaginasse que tipo de homem

Um Lugar Especial

o assassino deveria ser, essas especulações logo perdiam o brilho e caíam no esquecimento, como se não fossem bem-vindas em sua mente.

As visitas do tio Till eram espaçadas, e ele nunca chegava da mesma forma. Se numa determinada vez viesse dirigindo um carro desconhecido, na outra chegaria de trem, ou de ônibus. Numa dessas vezes, ele contou que estava com pouco dinheiro e que tivera de percorrer o caminho inteiro pedindo carona. Tillman aparecia com carros novos, emprestados ou temporariamente deixados com ele por amigos que estavam viajando.

Foi somente aos 17 anos de idade, no decorrer do segundo ano do ensino médio, que Keith se deu conta de que o Assassino de Mulheres havia escolhido duas vítimas em Milwaukee, na mesma época em que o tio estava hospedado em sua casa. Talvez nunca tivesse percebido isso se, ao voltar certo dia da escola, não entrasse numa loja na mesma hora em que a van de entrega despejava as pilhas do jornal vespertino, o *Milwaukee Journal*. Ao entrar, Keith olhou de relance para uma pilha que acabara de ser jogada sobre a calçada e leu a manchete principal: *ASSASSINO DE MULHERES FAZ VÍTIMA NA CIDADE.* Abaixo da manchete, uma foto mostrava o detetive Cooper debaixo de um poste em um beco, com o rosto duro e cansado voltado para um amarfanhado lençol branco acinzentado; dele despontava a mão branca de uma mulher, com a palma virada para cima. A história dizia:

> *A polícia identificou a provável nona vítima do Assassino de Mulheres. É Lurleen Monaghan, 29 anos, residente na N. Highland Avenue, 4.250, secretária do setor de crédito do 1st Wisconsin Bank. O corpo da srta. Monaghan foi descoberto por transeuntes no beco atrás da Sepia Panorama, uma boate da N. 3rd Street, às 2h20 da madrugada de hoje. Segundo o detetive da Homicídios, George Cooper, o corpo foi removido para o beco após a morte.*
>
> *— O Assassino de Mulheres matou a vítima em local privado e o jogou aqui, nos fundos de*

Um Lugar Especial

uma boate movimentada, onde ela seria descoberta rapidamente — informou o detetive. — Na quarta-feira da semana passada, ele procedeu da mesma forma com o corpo de Laurie Terry. Esse monstro está esfregando seus crimes na nossa cara. É bom que ele se mantenha alerta. Estamos averiguando várias pistas que logo levarão à sua captura.

Keith entrou na loja, achando estranho que tivesse ignorado por tanto tempo a existência daquele vilão. A descoberta do corpo de Laurie Terry tinha passado despercebida — e a desse novo corpo também teria, se a notícia não tivesse pipocado bem diante dele. Agora que a frase se materializara na frente de seus olhos, percebia que já tinha ouvido falar no Assassino de Mulheres. As palavras tinham penetrado sua mente, embora apenas superficialmente. O que ele achava estranho naquilo tudo era o fato de a notícia ser exatamente o tipo de coisa que consideraria... *irresistível*, por mais que os pais fossem contra esse interesse.

Por outro lado, o detetive Cooper, aquele grandessíssimo filho da puta, deixara uma marca terrivelmente nítida em sua memória.

Uma caixa de percevejos escorregou para o bolso do sobretudo. Sem diminuir o passo, Keith prosseguiu pelo corredor, esticou o braço, pegou um pote de cola e soltou-o dentro do outro bolso. Ele tinha entrado numa loja de variedades do Sherman Boulevard, no mesmo quarteirão de seu santuário, sua igreja, seu anfiteatro, só que do outro lado da rua, a fim de adquirir, sem pagar, alguns itens que lhe seriam úteis. Recentemente, dera-se conta de que poderia fazer bom uso de um martelo, de uma lima de metal e de qualquer solvente à base de querosene, semelhante ao que seu pai usava na fábrica de latas de spray. Assim que enfiou o rolo de fita no bolso, Keith dirigiu-se para os fundos da loja, onde imaginava ter visto uma pequena seção de ferramentas. Provavelmente, o solvente ou o querosene, ou qualquer outro artigo do tipo, seria difícil de achar, mas nunca se sabia. Talvez ele surgisse bem na sua frente,

Um Lugar Especial

como Miller. Ou como a pilha de jornais que vira do lado de fora da loja.

E, em meio a esses devaneios...

Sem sequer se esforçar, Hayward reconheceu a coincidência de dois calendários distintos, do seu tio e do assassino. Laurie Terry deparara-se com a morte na quarta-feira anterior, o dia em que Tillman Hayward surpreendera a família ao ligar da estação de ônibus e falar com a esposa do irmão, olá, minha querida, estou aqui, não se preocupe, chego aí sozinho. Vinte minutos depois, ela se aproximara da janela para ver, do outro lado de um grande banco de neve, o cunhado saindo de um carro feminino desconhecido, bem a tempo de pegar a mala no banco traseiro e atirá-la nos braços de seu devotado sobrinho, que chegava em casa de outro dia funesto na Lawrence B. Freeman. Juntos, Tillman e Keith tinham percorrido o caminho aberto na neve, conversando animadamente.

Eles haviam conversado muito e várias vezes desde aquele momento, porém, Keith percebia agora, nunca sobre assassinatos de verdade — assassinatos de seres humanos. Ali estava a grande porta escura diante da qual ele se encolhera; ali estava o abismo verdadeiro, real. E, ao parar diante dela novamente, a porta se abriu e o abismo se revelou em toda a sua amplitude. Iluminado por uma confusão de fios brilhantes, todo o seu ser pareceu tremer por dentro. O soar da conscientização percorreu seu corpo e pareceu tirar-lhe o chão. Keith sentiu a cabeça retumbar. Por um momento, só conseguiu sentir o fluxo de sangue percorrendo velozmente sua cabeça e seu corpo. Em seguida, os joelhos falharam, e ele começou a escorregar em direção ao chão.

Uma voz feminina chamou:

— Senhor! O senhor está bem?

Foi como ser puxado de volta para a margem de um rio. Seus olhos desanuviaram, e ele sentiu que podia travar a queda. Uma mulher com o cabelo preso num coque alto e óculos de gatinha estava parada no corredor, a uns três metros dele, com um braço esticado e um pé à frente, como se suspensa entre o voo e a aproximação.

Um Lugar Especial

Tinha olhos assustadoramente grandes, e sua boca parecia um bico. Keith não podia permitir que a mulher tocasse seu casaco.

— Estou bem — conseguiu resmungar.

— Tive a impressão de que o senhor ia desmaiar.

— Bom, aconteceu *uma coisa* — admitiu ele.

— Mas já passou. — Keith empertigou o corpo, jogou a cabeça para trás e respirou fundo. O tio Till, sentado na cama de pernas cruzadas e de chapéu, com uma carta de baralho na mão, analisando-o com olhos sombrios e sorridentes...

Ah, hoje à noite vou dar uma volta, ver se aparece algo interessante.

Quem era a moça com o carro? Só outra moça com um carro, caro sobrinho.

— Posso pegar alguma coisa para o senhor? — Ela ainda mantinha a postura de um pássaro prestes a pousar na água.

— Não, só estava procurando um... — Keith tentou pensar em algo pequeno e barato. — Caderno?

— No segundo corredor. — A mulher empertigou-se devagar. Abaixou os braços e ofereceu um sorriso tímido. — Preciso voltar para o caixa.

... dar uma volta, ver se aparece algo interessante.

Keith devolveu o sorriso.

— Meu Deus, você é apenas um menino — falou a mulher. — Não sei como posso ter pensado...

— Vou pegar o caderno — interrompeu Keith, e virou-se devagar, imaginando por que não tinha perguntado sobre as limas e os martelos. Imaginando, também, que idade ela achara que ele tinha. Precisava voltar para casa, tinha de conversar com o tio.

Seria possível ter uma conversa desse tipo? Uma que reconhecia a existência da grande porta e da reluzente liberdade que havia por detrás dela? Ou seria tal conversa conduzida nos silêncios entre simples palavras e frases? Sentindo que estava à beira de um enorme precipício, Keith atravessou rapidamente o último

Um Lugar Especial

corredor, passando por fitas, clipes, elásticos, botões e cartões, sem reparar em nada. Seu tio Till era o Assassino de Mulheres. Como um general ou um grande monarca, ele guiara suas forças por um território escuro e desconhecido, e assumira o controle de tudo que vivia lá. Sua cama era um trono, seu chapéu, uma coroa. E seu cetro...

... *Não sei como eles fariam isso, mas, se fosse* eu, *com certeza usaria uma faca.*

Instantes antes de atravessar a porta da loja, Keith olhou rapidamente de lado para a mulher com o cabelo estranho e não conseguiu evitar torcer a boca numa espécie de sorriso. Não saberia dizer se isso tinha sido para provocá-la ou para recobrar a própria confiança; sentiu que por nenhum dos dois. Pareceu-lhe apenas o fantasma de uma emoção — um gesto feito para uma força desconhecida. O rosto hesitante sob o cabelo maltratado demonstrou simpatia e curiosidade. Em seguida, a expressão da mulher endureceu, transformada pela suspeita, e ela fez menção de se levantar do banco. Mas

PETER STRAUB

Keith Hayward e seu sorriso fantasma já tinham fugido para o frio da rua coberta de neve. Ao chegar em casa, Keith tirou rapidamente o gorro, as botas, o sobretudo e o cachecol, transferiu os itens roubados para os bolsos da calça e pendurou o resto. Podia, finalmente, passar pela porta da cozinha, onde sua mãe, até então engajada num desajeitado projeto de cobrir as prateleiras com papel, deu as costas para os armários e uma pilha de pratos de vários tamanhos a fim de analisá-lo, certificar-se de que seus sapatos estavam limpos e perguntar como tinha sido o dia na escola. Sua resposta, como sempre vaga e evasiva, deveria tê-la deixado satisfeita, porém, em vez de se voltar de novo para as prateleiras e o grande rolo de papel, ela disse:

— O que está acontecendo, Keith?
— O quê? Nada. Por quê?
— Você parece excitado. E visivelmente tenso. Está retesado como uma mola de relógio.
— Acho que estou um *pouco* excitado, mãe — admitiu ele. — O sr. Palfrey me deu um B+ no meu trabalho sobre *As vinhas da ira*.

Ela jogou a cabeça para o lado e sorriu mecanicamente. Em seguida, o sorriso desapareceu.

— Você não teve nada a ver com o gato dos Rodenko, espero. Outro dia, a sra. Rodenko ficou falando a esse respeito comigo durante meia hora. Já faz uma semana, e ela está superpreocupada.

Keith assumiu um ar ofendido, magoado.

— O *gato* dos Rodenko? Mãe, você ainda está preocupada com aquela idiotice que eu fiz? Eu tinha 12 anos, mãe. Era uma criança. Você *sabe* que o tio Till conversou comigo sobre aquilo. Meu Deus!

A pele do gato dos Rodenko, uma criatura sibilante e fedorenta que poderia ser classificada como rajada ou alaranjada, estava pendurada na parede do quartinho secreto, ao lado do pôster que os Rodenko tinham pendurado nos postes e murais.

— Às vezes, fico um pouco cismada com esse seu relacionamento com o irmão do meu marido — comentou ela.

— O quê?

— Ultimamente, sei lá... Ele conta para você o que faz quando sai à noite?

— Mãe, ele encontra algumas pessoas. Sai para namorar. Você sabe.

— Ah, sei. Sim. Eu sei. — Ela baixou os olhos para as mãos, em seguida, olhou por cima do ombro para as prateleiras listradas e o rolo de papel. — Pelo menos, aquele policial parou de rondar por aqui, o que me deixava com a sensação de que havia alguma coisa errada. *Muito* errada.

— Isso foi há muito tempo, mãe.

— Aquele homem parecia muito seguro de si. Eu o *vi* uma vez, lá fora no beco. Ele estava tentando olhar pelas nossas janelas.

— Ele não veio mais.

— Isso não quer dizer que não possa voltar.

Foi então que Keith entendeu: sua mãe estivera lendo os jornais.

— Você não devia se preocupar com ele, mãe. Não se deixe levar pela imaginação.

Um Lugar Especial

Ela sorriu.

— É exatamente o que diz seu pai.

Keith forçou-se a retribuir o sorriso.

A mãe comentou:

— Você agora parece mais relaxado.

— Você também — retrucou ele. — O tio está aqui, não está? Tem problema se eu for falar com ele?

— Só não o incomode.

Ela o liberou com um aceno de mão e voltou para o trabalho. Keith saiu da cozinha e parou na porta do quarto do tio. Por um momento, ficou chocado ao perceber que não sabia se devia bater, se devia falar, se devia seguir em frente. Indeciso, estancou diante da grande escolha a fazer. Ficar ou ir embora? Falar ou deixar quieto? Em primeiro lugar, acabava de se dar conta de que talvez sua mãe conseguisse escutar o que se passava entre ele e o tio, porém, a escolha ia muito além de questões de privacidade. Ofegante, ergueu a mão, mas hesitou, incapaz de bater ou ir embora.

— Keith, é você? — perguntou o tio numa voz calma e rouca. — Entre.

Keith botou a mão na maçaneta e se surpreendeu por ela não soltar faíscas. Girou-a devagar e escutou a lingueta deslizar na fechadura.

— Bom menino — sussurrou o tio.

Keith escancarou a porta e se deparou com o tio sentado sobre o cobertor verde, de chapéu. Till estava lendo uma revista, mas se virou para a porta, a fim de ver o que estava acontecendo. Ele sorria, e seus olhos brilhavam.

— Você pode fazer isso — sussurrou ele.

Plenamente consciente do que estava fazendo, o menino deu um passo à frente. Que a verdade seja dita sobre Keith Hayward: ao passar pela porta, ele abraçou sua ruína sem hesitar. Uma vez dentro do quarto, disse:

— Você *faz* isso, tio Till.

— Ahn? — A surpresa ficou ainda mais evidente no rosto de Till.

Pela primeira vez, Keith entendeu o que os autores românticos queriam dizer ao falarem de se afogar nos olhos de alguém. A priori compridos

Um Lugar Especial

e estreitos, os olhos do tio pareceram aumentar e alargar com uma alegria anárquica. Tillman Hayward era irresistível: um sátiro, um fauno, um demônio.

— O que você quer dizer com isso? — perguntou ele calmamente.

Em silêncio, Keith fechou a porta. Por um momento, ficou parado, com as mãos cruzadas nas costas. Havia ali outro grande portal, e Keith ficou imóvel por apenas um segundo antes de atravessá-lo para se colocar a meio metro de seu herói.

Numa voz que era pouco mais do que um sussurro, falou:

— Lurleen Monaghan. — Vasculhou a memória e, como um urso que mergulha num rio e captura um peixe brilhante, soltou o segundo nome: — Laurie Terry.

— Muito bem. — A surpresa de Till transformou-se numa risadinha baixa. — Laurie Terry, hein? Lurleen Monaghan, certo?

— Acho que sim. — Na verdade, a resposta de Till não deixava espaço para dúvidas.

95

— Como descobriu esses nomes, Keith?

— Vi na primeira página do *Journal*.

Sem desgrudar os olhos do sobrinho, Till fez que sim lentamente, como um juiz chegando a uma conclusão sobre uma questão legal complicada.

— Nosso segredo acabou de ficar um pouco maior, não foi?

— Acho que *sim*.

Till jogou a cabeça para trás alguns centímetros. Seus olhos se estreitaram. Obviamente chegara a uma conclusão sobre aquela questão complicada.

— Talvez seja hora de mostrar a você o meu lugar especial. O que você acha?

— Gostaria muito — replicou Keith.

———

Depois do jantar, Till perguntou aos pais de Keith se poderia levá-lo ao Oriental, um cinema na costa leste, para assistirem a um filme que os dois queriam ver. O filme se chamava *Charada*,

Um Lugar Especial

com Cary Grant e Audrey Hepburn, e, na opinião de um crítico, era "o melhor filme de Hitchcock que não foi feito por ele".

— Deixem-me fora dessa — falou o pai de Keith. — Cary Grant é bicha e Audrey Hepburn parece um louva-a-deus.

A mãe de Keith pareceu ansiosa, mas perguntou apenas se o filho já tinha feito o dever de casa.

— Fiz na sala de estudos, mãe — respondeu o garoto, o que não era exatamente mentira. Pouco depois do jantar, o tio e o sobrinho saíram para a noite fria e coberta de estrelas.

Guiando o sobrinho, Till passou pelo terreno baldio, virou uma esquina, desceu mais dois quarteirões e tornou a virar outra esquina, até chegar a uma rua onde puxou as chaves de um grande Studebaker preto que Keith nunca vira antes. Tremendo de frio sob o sobretudo, o garoto esperou que o tio entrasse no carro e abrisse a porta do carona. As nuvens brancas provocadas pela respiração pareceram pairar diante dele por mais tempo do que o habitual, como se preservadas pelo frio. Embora Till estivesse usando apenas o chapéu, um suéter e uma jaqueta de couro aberta, dava a impressão de não estar sendo afetado pela temperatura, mesmo enquanto soprava a chave para esquentá-la.

— Você não está com frio? — perguntou Keith.

— Na verdade, eu gosto do clima frio — respondeu o tio. — Aguça os sentidos. No calor, a gente fica mole.

Till atravessou a cidade até pegar a Capital Drive, quando então seguiu direto para oeste. Keith observava os bairros e lojas que nunca vira antes: uma fábrica de rolamentos, um shopping center gigantesco, os restaurantes de Roy Rogers e Arthur Treacher, um hotel da cadeia Howard Johnson, uma revendedora de carros usados decorada com bandeirolas que mais pareciam pingentes de gelo colorido e enormes refletores que riscavam o céu escuro com seus fachos de luz amarelo-esbranquiçada.

Um Lugar Especial

Por fim, eles atravessaram a Rua 100, uma via reta e estreita que passava por pequenas casas aparentemente aconchegantes, num suave declive, e depois subia uma ladeira um pouco mais íngreme. Rua 100! Keith não fazia ideia de que as ruas chegavam a números tão altos.

— Onde fica o tal lugar? — perguntou ele.
— Você vai ver.
— Estamos longe?
— Você vai ver.

Em um subúrbio chamado Brookfield, Till saiu da Capital Drive e entrou em ruas ladeadas por casas grandes com terrenos amplos, cobertos de neve, até chegar a Burleigh, onde virou para oeste mais uma vez. Dez minutos depois, uma placa de metal indicou que eles tinham entrado na cidade de Marcy, com uma população de 83 habitantes. Uma profusão de campos brancos se estendia por trás do pequeno prédio da prefeitura, de uma casa de madeira sem janelas e de um bar abandonado. Do outro lado da rua ficava um prédio de um só andar, a escola primária. A cidade parecia ter sido abduzida por alienígenas e colocada no meio do nada. Till estacionou o carro entre a casa sem janelas e a carcaça da velha taverna. Keith saltou, observou o tio tirar o enorme molho de chaves do bolso e, com um sorriso, começar a procurar por uma delas.

— Eu queria um lugar fora da cidade, entende? Bem longe do detetive Cooper.

Till suspendeu uma grande chave gasta.

— Assim sendo, rodei muito até encontrar esse lugar. — Ele apontou com a cabeça para o bar e andou na direção dele. — Ninguém vem para esse lado da rua, e as crianças e os funcionários da escola vão embora às cinco.

— E quanto a Columbus? — perguntou Keith. — Você tem um lugar lá também, não é?

— Não... não... não... não. Em Columbus, tudo é completamente diferente. *Eu sou* diferente. Lá, tenho mulher e duas filhas. Elas nem desconfiam disto aqui.

— Não brinca. — Chocado demais para se mexer, Keith ficou olhando o tio dar a volta no carro. — Você não fez isso. Não pode.

— Ah, eu posso, sim, e fiz. E recomendo que pense em fazer o mesmo. Afinal, todos temos de fazer alguns sacrifícios.

Boquiaberto, Keith atravessou a neve reluzente para se juntar ao tio em frente à porta.

— Então, o que elas acham que você faz?

— Possuo alguns prédios de apartamentos. Bom, minha mulher herdou-os do pai, portanto, na verdade, eles são nossos.

— Você é rico.

Isso era surpreendente.

— Tenho uma situação confortável. Nunca contei nada aos seus pais porque queria poder voltar aqui sempre como um homem solteiro.

Em silêncio, Keith observou o tio enfiar a chave numa fechadura de metal arredondada, mais nova do que a porta que ela protegia.

— Que desculpa você dá para vir sempre a Milwaukee?

— Estou procurando investimentos em minha velha cidade natal. Vamos entrar.

Após trancar a porta atrás deles, Till tirou uma pequena lanterna do bolso interno da jaqueta de couro e apontou o facho para o piso de madeira empoeirado, um balcão comprido de madeira escura e bancos que pareciam bambos. Com Keith em seus calcanhares, passou por uma fileira de cabines escuras e velhos cabides. O ar estava gelado. Ao alcançar uma segunda porta, mais estreita, Till a abriu e ligou o interruptor, iluminando o porão com uma brilhante luz fluorescente. E começou a descer rapidamente a escada, seguido por Keith.

— Paz e sossego, conforto e segurança — falou o tio. Ao alcançar a base da escada, ele olhou por cima do ombro e sorriu. — Espera aí.

Enquanto o sempre surpreendente Tillman Hayward percorria o ambiente ligando os aquecedores, Keith, maravilhado, fez o que lhe fora ordenado e *esperou*. Tão limpo quanto um centro cirúrgico, o porão comprido e espaçoso continha duas mesas de aço inoxidável reluzentes, acopladas com bandejas de escoamento, um brilhante piso de cerâmica pontuado por ralos aqui e ali, painéis de aço nas paredes com facas,

Um Lugar Especial

serrotes e machadinhas, e, do outro lado do bloco circular de cimento onde costumava ficar o forno, uma parede na qual se alinhavam armários verdes, cada qual trancado com um cadeado. As janelas retangulares localizadas no alto das paredes tinham sido fechadas com tijolos.

— Fiz tudo sozinho — falou Till, respondendo à pergunta que Keith pensara em fazer, mas não tinha formulado. — Se eu contratasse trabalhadores, teria de matá-los ao final do serviço, e isso seria um risco inaceitável. Demorei mais de um ano, mas agora o lugar ficou bem do jeito que eu queria. Os aquecedores vão espantar o frio em um minuto... eles chegam a 45 graus Celsius, o que é muito quente. No verão, aqui fica quente demais, mas tudo que posso fazer é ligar alguns ventiladores.

— Fantástico — comentou Keith.

— Preciso admitir, sinto certo orgulho do que consegui fazer aqui.

Keith se aproximou de uma reluzente mesa de aço e tocou as algemas de couro para os pulsos e tornozelos.

— Então, você...? — deixou a pergunta crucial suspensa no ar.

— Boto uma coisinha nos drinques delas para acalmá-las. Depois, trago-as para cá, tenho bastante fita adesiva num dos armários, embora ninguém vá conseguir escutá-las. Coloco-as sobre uma das mesas e parto para o trabalho. Antes de começar, tiro a minha roupa e penduro-a num cabide... instalei um pequeno chuveiro ali, ao lado dos armários.

Keith sentiu o rosto e as mãos quentes, e seu coração batia acelerado.

— Você transa com elas?

Till abriu um sorriso e colocou a mão sobre o ombro do sobrinho. Sob a sombra projetada pelo chapéu, seus olhos pareceram se derreter.

— Quer saber se eu as como, filho? Diabos, claro. Pelo menos, na maioria das vezes. E não uma vez só, nem em um único orifício. Vou te falar a verdade, meu sobrinho, às vezes acho que seria capaz de trepar com uma pilha de troncos, se soubesse que havia um corpo ali. E tampouco importa o tipo.

Um Lugar Especial

Pouco tempo depois, eles retomaram o caminho de volta para casa, atravessando um mundo que parecia ao mesmo tempo exatamente igual e profundamente transformado.

———

Dois anos depois e três semanas antes do Natal, sob o mesmo céu invernal, Keith Hayward por fim percebeu, pela primeira vez na vida, que tinha o poder de oferecer ao tio um presente verdadeiramente digno dele. Como Tillman sempre voltava para Ohio entre os dias 17 e 18 de dezembro, ele dispunha de cerca de uma semana e meia para preparar tudo. Seus pais justificavam a partida de Till às vésperas do Natal como resultado de um desejo natural de passar as festividades com os amigos e namoradas em Columbus, sem dúvida um círculo mais sofisticado do que qualquer outro disponível em Milwaukee. No intuito de incluir Till em sua modesta celebração familiar, eles trocavam presentes na véspera da partida dele. Bill e Maggie sempre lhe davam coisas como meias ou lenços, e ele retribuía com presentes de natureza um pouco mais luxuosa, como uma garrafa de um excelente uísque ou um robe para o irmão, um belo cachecol ou uma blusa para a cunhada.

No passado, os pais de Keith sempre resolviam o problema de seus presentes para o tio entrando numa loja chamada Notes & Notions, comprando um livro de fotos barato sobre os faróis de New England ou carros luxuosos ou algo do gênero, e embrulhando-o junto com um cartão no qual Keith escrevia o próprio nome. O tio, um homem bacana, sempre lhe agradecia pelos presentes e agia como se eles lhe interessassem, embora todos soubessem que as fotos dos faróis de Concord Point e Edgartown, dos Bugattis e Dusenbergs, serviam como meras lembranças substitutas até Keith ter idade suficiente para escolher os presentes por si só. Naquele dezembro de 1964, os pais presumiram que esse dia ainda estava por chegar, e a nova lembrança, 48 páginas de belos iates, já fora comprada.

Um Lugar Especial

O verdadeiro presente de Keith não podia ser embrulhado em papel decorado e colocado debaixo da árvore. Na tarde de sexta-feira, 14 de dezembro, Keith mandou Miller encontrá-lo no quarto secreto no dia seguinte, às sete da noite. Após um jantar durante o qual o irmão do anfitrião ofereceu um relato hilário e inédito sobre sua breve experiência como soldado no exército dos Estados Unidos, Keith seguiu o tio até o quarto de hóspedes e disse que esperava que ele estivesse livre no dia seguinte, pois tinha lhe preparado uma surpresa.

— Uma surpresa? Parece interessante. — O tio Till estava diante do espelho, observando suas mãos darem um nó numa gravata de bolinhas.

— É meu presente de Natal para você. O verdadeiro.

— Muito bem. — Refletido pelo espelho, o brilho de seus olhos foi como um choque elétrico para o sobrinho. — Imagino que isso envolva nossas ocupações secretas.

— Envolve.

— Então, vamos ter que tomar cuidado.

Till se virou de costas para o espelho e meteu as belas mãos nos bolsos. Inclinou a cabeça para a frente. Por um momento, observou o surrado tapete de sisal que cobria o chão.

— Diga aos seus pais que você vai sair com o famoso Miller, e eu vou dizer que preciso encontrar um amigo. A gente sai e volta separadamente. Assim está bom?

— Está ótimo.

— Onde a gente se encontra?

— No meu lugar.

— Fácil, fácil. A que horas?

— Sete.

— Sete, combinado. Vou lhe dizer uma coisa, garoto: estou curioso.

— O que você vai fazer hoje à noite?

— Preciso checar minhas armadilhas, garoto, preciso checar minhas armadilhas. — A súbita risada de Till fez com que ele parecesse, mesmo que só por um segundo, um cachorro grande e traiçoeiro.

Um Lugar Especial

Após uma longa reunião familiar diante da televisão para assistir *Alfred Hitchcock Hour* e *O fugitivo*, durante a qual sua mente mal conseguia acompanhar a ação ou o diálogo, Keith concordou com a mãe quando esta comentou que ele parecia cansado. Eram apenas dez e meia, ainda faltavam trinta minutos para sua hora de dormir habitual. Sem problemas para cumprir o próprio cronograma, seu pai estava esparramado na espreguiçadeira, roncando ligeiramente. Dali a meia hora, o canal 12 ia exibir *O homem indestrutível*, mas sua mãe estava certa, ele se sentia estranhamente exausto. No entanto, após colocar o pijama e deitar, descobriu que não conseguia dormir.

Tarde da noite, Keith escutou o tio entrar pela porta dos fundos. Passos leves e silenciosos cruzaram a cozinha e entraram no quarto de hóspedes. Alguns minutos depois, Till saiu de novo, entrou no banheiro do térreo e liberou uma longa e sonora cascata de urina. Deu descarga e voltou para o quarto. Quando o silêncio tornou a reinar no andar térreo, Keith acendeu a luz do abajur e olhou o relógio. Eram 3h30. Caiu no sono logo em seguida.

Quatro horas depois, Keith desceu do quarto, vestindo uma calça jeans e uma aconchegante camisa de flanela, entrou na cozinha a fim de pegar algo para comer e encontrou a mãe sentada à mesa, soprando a fumaça de um cigarro sobre uma tigela de cereal e uma cópia aberta do jornal matutino, o *Milwaukee Sentinel*.

— Bom-dia, mãe.

— Bom-dia. — Ela ergueu os olhos do jornal e o analisou. — Você nunca levanta a essa hora nos sábados. E parece tão cansado quanto um cachorro velho. Por que levantou da cama?

Keith não viu motivo para não dizer a verdade.

— Não consegui dormir mais.

— Tem algo errado. O que foi? Me conta logo, Keith.

— Mãe — falou o garoto —, só não consegui dormir mais. — Ele se virou de costas para a mesa e começou a remexer as caixas na cesta de cereais.

Um Lugar Especial

— Isso não é saudável.

Keith podia sentir os olhos dela em suas costas. Esperou pelo que tivesse de ser.

— Aconteceu alguma coisa com aquele Miller?

Uma onda de alarme percorreu seu sistema nervoso.

— Não, mãe, não aconteceu nada. Nem com Miller, nem com ninguém.

— Quer que eu prepare alguma coisa para o seu café da manhã? Não faz sentido esperar pelo seu pai, ele só vai levantar daqui a umas duas horas. E eu não o culpo. Aquele homem trabalha muito, dá um duro danado. Se você quer saber, o irmão devia ser mais parecido com ele.

— Papai gostaria de ser mais parecido com o tio Till.

— Bom, não deveria. Till nunca vai se casar com uma mulher rica, tudo que vai fazer é arrumar namoradinhas, ficar até tarde nos bares e conseguir algum dinheiro do jeito que puder. E não acho que você deva passar tanto tempo com um homem desse tipo. Larga esse cereal aí e me diz o que quer para o café.

Keith se virou e viu a mãe observando-o o mais arduamente que conseguia. Ela apagou o cigarro.

— E então?

— Ovos mexidos?

— Se seu tio não acabou com toda a comida quando chegou ontem à noite. — Ela se levantou e foi até a geladeira. — Ótimo. Temos ovos e bacon. Ele até deixou um pouco de suco de laranja. — Pegou uma caixa de leite e buscou um copo. — Sente-se.

Keith se sentou.

— Nunca vi você lendo o jornal antes, mãe.

— Se algo terrível está acontecendo, eu quero saber.

— Ah.

— Tem coisas acontecendo que você não deveria saber.

Ela colocou diante dele um copo de leite e outro menor com suco de laranja.

— Aí no jornal?

Um Lugar Especial

Com genuína curiosidade, Keith puxou o jornal ligeiramente e deu uma olhada nas manchetes. A maioria delas dizia respeito à política local.

— Não, graças a Deus. Agora me devolva esse jornal.

Assim que a mãe colocou a comida diante dele, o aroma que se desprendeu do prato quase o fez gemer de fome. Até então, não havia se dado conta de que estava faminto.

— Não acho que você deva passar tanto tempo com seu tio.

Keith deu uma garfada nos ovos, meteu-os na boca e acrescentou um pedaço de bacon de uns cinco centímetros.

— Você não vai sair com ele de novo, vai?

Concentrado na comida, o filho replicou:

— Mãe, foi só um filme.

— Não me importa o que foi, não quero que faça de novo.

Keith engoliu, esforçando-se para se manter calmo, controlado.

— Mãe, qual é o problema? Você não gosta mais do tio Till?

— Todo mundo gosta dele, esse é o problema. Mas não estou dizendo que eu confio nele, entenda. E você devia parar de segui-lo para tudo quanto é lado. O mundo não é tão seguro quanto você pensa, meu filho.

Incapaz de responder ao comentário absurdo, Keith forçou-se a comer devagar. A mãe se juntou a ele na mesa, virou uma página do jornal aberto e correu os olhos pelas colunas; em seguida, levantou-se de novo para encher a xícara na cafeteira. Ao se sentar novamente, acendeu outro Kent.

— Vou ser sincera, ficarei feliz quando ele for embora daqui a alguns dias. Seu pai idolatra tanto aquele homem que nenhum de nós dois jamais parou para pensar no tipo de influência que ele poderia exercer sobre você. Gente decente não vive como ele.

— Não existe só uma maneira de ser decente — retrucou Keith.

E a conversa terminou por aí.

———

Um Lugar Especial

Durante o resto do dia, Keith fez pouco mais do que assistir a uma série de desenhos na televisão e perambular pela casa, esperando o tio sair do quarto de hóspedes. Deu uma folheada na última edição da *Life*, a qual, como era de se esperar, exibia uma foto do falecido presidente Kennedy na capa. Enquanto dava uma espiada, imaginou como uma revista considerada tão boa podia publicar uma edição inteira dedicada ao assassinato de Kennedy e só incluir um único e mísero artigo sobre Lee Harvey Oswald. Páginas e mais páginas sobre o falecido presidente; muitas outras sobre Jackie Kennedy (que, na opinião de Keith, era provavelmente a mulher mais chata da Terra), e até mesmo um número surpreendente de páginas dedicadas a Lyndon Baines Johnson. Deveria haver muito, muito mais sobre o letal antagonista de Kennedy, seu rival. Para piorar ainda mais as coisas, a *Life* publicara apenas umas poucas fotos do assassino, e ele era o homem que tinha feito tudo acontecer. Keith já vivera o suficiente para entender que bem poucas pessoas conseguiriam compartilhar seu ponto de vista, mas não era óbvio que esse sujeito, Oswald, tinha, de certa forma, mudado as regras? Uma pessoa podia sair de um buraco qualquer, podia dar a impressão de ter levado uma vida de equívocos e desperdícios e, ainda assim, tudo de que precisava era uma arma para colocá-la no mesmo plano que o presidente dos Estados Unidos — se *ele* era o homem mais poderoso do mundo, então ela estava *bem ao lado dele*. Passados alguns minutos, a recusa dos americanos influentes em reconhecer a fantástica transformação provocada por Lee Harvey Oswald na vida da nação, em compreender a verdadeira revolução que aquele antigo perdedor tinha desencadeado, fez com que Keith se sentisse tão frustrado que não conseguiu mais olhar a revista.

O tio só saiu do quarto para tomar um banho e, enrolado num roupão, ir até a cozinha preparar um sanduíche de geleia com pasta de amendoim. Ele o levou de volta para o quarto e comeu sozinho. Enquanto Keith se embotava

Um Lugar Especial

com *As aventuras de Rocky e Bullwinkle*, Maggie Hayward encurralara o marido Bill na mesa do café e, em palavras baixas e sussurradas, conduzia o que o filho chamava de uma incansável campanha militar. Bill Hayward fazia que não, objetava e protestava, enquanto, ao mesmo tempo, comia os ovos fritos, o bacon crocante, a torrada com manteiga e bebia o café que a esposa tinha preparado. Apesar de tudo isso, era visível que ele já havia capitulado e que toda a aparente objeção era uma mera cortina de fumaça, tentativas vãs de distrair a atenção. Maggie Hayward mudara sua opinião em relação ao cunhado. Ela o via sob uma luz nova, desfavorável, e os dias dele sob seu teto estavam contados.

— Olha só, garoto — falou o tio à noite —, é mesquinho, mas eu entendo. Sua mãe viu o mesmo jornal que você, e isso a deixou um pouco assustada. Maggie não gostaria de imaginar o que passa pela *sua* cabeça, e ela não imagina, disso não há dúvida, mas algo se acendeu naquele cérebro dela, e, de repente, ela agora acha que eu sou um vagabundo e uma má influência para você.

— Eu não entendo — respondeu Keith. Eles estavam estacionados na frente de um parquímetro no Sherman Boulevard. Faltavam alguns minutos para as sete.

— Ao contrário de mim e de você, a maioria das pessoas esconde seus verdadeiros motivos de si mesmas. Elas não têm ideia do porquê de fazerem o que fazem. Ah, elas falam o dia inteiro sobre o que as levou a fazer isso ou aquilo, mas o que dizem não chega nem perto da verdade. Porque elas não *sabem* a verdade. Como assim? Elas não podem se permitir saber. A verdade é inaceitável. Todo ser humano conta milhões de mentiras no decorrer da vida, mas a maior parte dessas mentiras é sobre si mesmo e para si mesmo. Sua mãe é um exemplo perfeito. Bom... Aquele, por acaso, é o seu amigo?

Keith já vira a forma encurvada de Miller, as mãos nos bolsos do casaco com capuz e o gorro de lã enfiado na cabeça, vindo na direção deles.

Um Lugar Especial

Ele estava de cabeça baixa, os olhos fixos na calçada.

— É ele — confirmou Keith.

Miller andou direto e sem levantar os olhos até o capô do Studebaker. Também sem olhar para dentro do carro, virou de lado e partiu em direção ao beco escuro entre o prédio abandonado e uma grande vitrine cheia de aparelhos de televisão e máquinas de lavar. Logo depois, desapareceu na escuridão. Segundo o relógio do painel do carro, eram exatamente sete horas.

— Ele vai esperar ao lado da porta dos fundos — informou Keith. — Feliz Natal, tio Till.

— O garoto é o meu presente? — Till começou a rir baixinho. — Diabos. Você é surpreendente, é mesmo. Keith, estou realmente impressionado.

O sobrinho acolheu o comentário como uma bênção calorosa: uma bênção mais paternal do que qualquer uma que seu pai pudesse lhe oferecer.

— Deixa eu lhe dizer uma coisa, filho. Você vai fazer coisas maravilhosas. Talvez ninguém jamais descubra nada sobre elas. Melhor assim.

O tio Till deu um tapinha no joelho esquerdo de Keith com a bela e desprotegida mão direita, e o frio do toque queimou a pele do menino.

— Na verdade, é mesmo melhor assim... que todas as suas realizações sejam tão secretas quanto esse quarto aí. Mas eu vou saber, de um jeito ou de outro. — A mão gelada de Till apertou o joelho de Keith com um pouco mais de força, e o garoto sentiu como se gelo e neve estivessem queimando seus ossos. — Eu sempre vou saber.

Keith não entendia como o tio era capaz de tolerar tamanho frio. A qualquer momento, seria obrigado a gritar. Mas então Till o soltou.

— Vamos ver o Miller — falou Keith.

O tio Till abriu um sorriso.

— Só um segundo. Miller pode esperar. Fico feliz em dizer que também tenho um presente para você.

Um Lugar Especial

— Tem? — Keith estava aturdido de tanto prazer.

— Abre o porta-luvas. Me diz o que você vai encontrar lá dentro.

Keith apertou o botão do porta-luvas e abaixou a tampa. A luz interna queimara havia muito tempo, porém, sobre a pilha usual de mapas e manuais, ele conseguiu ver uma caixa branca, comprida e estreita, amarrada com um laço de fita vermelho.

— Uma caixa — respondeu ele.

— Uma caixa? Bom, tira ela daí e vê o que tem dentro.

Com uma espécie de reverência, Keith retirou a caixa, colocou-a sobre as pernas e desamarrou o laço. Em seguida, levantou a tampa e tirou de dentro um saco branco. Já sabia o que era o presente, e que seria uma das melhores que ele já tinha visto.

— Ai, meu Deus — falou. — Qual é a palavra mesmo? Sabat... Sabateer.

— Sabatier — corrigiu o tio. — Não tem melhor, não importa o que digam.

Keith puxou a faca comprida de dentro do saco e segurou-a sobre as palmas abertas.

— Caramba. Obrigado.

— É uma faca de cozinha. Você pode usá-la para praticamente qualquer coisa: picar, fatiar, até mesmo desossar. Mantenha-a limpa e afiada, e ela vai ser útil por muitos anos. Por décadas.

— É igual à que você usa?

— Claro, tenho uma igualzinha — respondeu o tio. — Daqui a um tempo, você vai ter uma coleção inteira. Mas a faca de cozinha, ela é a sua peça principal, a sua menina dos olhos. Preciso dizer que você não pode deixar que sua mãe a descubra?

— Não vou nem levá-la para casa. Vou escondê-la aqui.

O tio abriu a porta do carro.

— O que você acha de a gente deixar o pobre Miller sair do frio?

———

Segundos depois, eles entraram num beco estreito entre os prédios. As adormecidas máquinas de lavar na vitrine gigantesca deram

Um Lugar Especial

lugar a tijolos encardidos. A seus pés, garrafas vazias de cerveja e maços de cigarros amassados pontilhavam o caminho de terra congelada de meio metro de largura. Uma vez no beco, as paredes pareciam ter cinco ou seis andares de altura. Keith trazia a faca de cozinha presa no cinto, na região lombar, e sentia como se já a carregasse havia meses. Till o seguia, a passos firmes e perfeitamente sincronizados. Por fim, Keith chegou ao final do beco e viu Miller agachado na frente da porta dos fundos, abraçando os joelhos em busca de calor.

— Estava imaginando se você ia aparecer — falou Miller. — Está frio demais para me fazer esperar aqui fora.

Nesse momento, ele viu Till sair da sombra e colocou-se de pé num pulo, mais rápido do que Keith jamais o vira fazer. Quando Till se aproximou de Keith e o examinou descaradamente, Miller fechou o casaco em volta do corpo e tentou desaparecer em meio aos tijolos e cimento atrás dele.

— Ei — disse. — Que negócio é esse?

— Eu não falei que tinha uma surpresa para você? — disse Keith.

— Não — respondeu Miller. Ele parecia ressentido.

— Desculpe. Achei que tinha falado. Bom, é uma surpresa *maravilhosa*, Miller. Esse homem é meu tio. O tio Till é o melhor professor que eu já tive. Achei que ele merecia um presente de Natal verdadeiramente especial. Assim sendo, estou dando você para ele. Quer saber o que eu acho, Miller? Acho que você vai ter uma experiência inesquecível.

— Isso vai funcionar muito bem — interveio Till. — O que estamos esperando?

— Não acho que seja uma boa ideia — comentou Miller.

— Problema seu.

— Você não pode dar alguém de presente para outra pessoa.

— Geralmente não.

Keith tirou o molho de chaves do bolso e rapidamente localizou a que abria a porta dos fundos.

Um Lugar Especial

Ainda encostado contra a parede de tijolos, Miller estava a meio metro à esquerda de Keith, retraído e com os olhos baixos. Seus poros pareciam exalar um cheiro estranho, metálico. Um odor desagradável de bronze, o qual também se desprendia de sua boca. Logo abaixo da borda do casaco de inverno, os joelhos tremiam dentro da calça jeans. O cheiro era de medo, reconheceu Keith: o medo era um atributo físico, e fedia.

— Gostaria que você tivesse deixado Rocky Glinka mijar em mim — sussurrou Miller.

— Na época, você cantou um mantra diferente — replicou Keith, atravessando a porta. Dentro do prédio estava quase tão frio quanto lá fora.

— Quer que eu mije em você, Miller? — Till parecia estar se divertindo.

— Na verdade, não. — Miller seguiu Keith e entrou no prédio.

Till entrou por último. Fechou a porta e a trancou — atrás deles.

— Mas, se você tiver algum pedido especial, posso incluí-lo na minha programação.

No escuro, Keith tirou uma pequena lanterna Maglite do bolso do casaco e correu o facho pelo piso até que o círculo de luz iluminou um cadeado Medeco aparentemente novo a uns oito centímetros de onde ele estava.

— Pode segurar isso? — perguntou, entregando a lanterna a Till, que manteve o facho sobre o cadeado.

— Bom trabalho — comentou o tio. — O seu também fica no porão?

— Igualzinho ao seu.

Keith destrancou o cadeado, abriu o compartimento e ligou os dois interruptores que iluminavam, respectivamente, o porão e a escada retrátil que levava até ele. Os degraus rangeram quando ele desceu.

Miller apoiou o pé no primeiro degrau e olhou por cima do ombro.

— Pode ficar tranquilo, menino — falou Till. — Nunca matei ninguém com meu pau, e

Um Lugar Especial

nunca vou matar. A menos que um dia, você sabe, eu não tenha escolha.

Lá embaixo, sobre o piso de cimento, cercado pelas familiares peles dos bichos e pôsteres de animais perdidos, Miller parecia menos aterrorizado. Seus joelhos já não tremiam mais, embora ele continuasse a lançar olhares de esguelha para Till. O rosto estava pálido e petrificado de medo. Com os olhos voltados para o chão, perguntou:

— O que nós vamos fazer exatamente?

— A gente vai se divertir e aproveitar a vida ao máximo.

— Entendi — respondeu Miller, parecendo muito infeliz.

— E, para que eu me divirta da melhor maneira possível, caro sobrinho, sinto dizer que vou precisar ficar sozinho com o meu presente de Natal.

Miller arregalou os olhos para Keith.

— Tem certeza?

— Tenho, sim, Keith, certeza absoluta. Isso não será um problema, espero.

— Talvez seja um problema para Miller.

— Se meu voto conta, *é* um problema — interveio Miller. — Um grande problema.

— Garoto, gostaria de ver você tirando a roupa; portanto, por que não atende meu desejo e começa logo?

— Está frio aqui — reclamou Miller. Porém, tirou o casaco e começou a desabotoar a camisa.

— Daqui a pouco você não vai nem perceber mais — replicou o tio Till. — Você é bem dotado, garoto?

— Não sei — murmurou Miller.

— Vamos descobrir logo, logo. A gente vai descobrir um monte de coisas, Miller. — Till virou-se para Keith e ergueu as sobrancelhas.

— Ah! — exclamou Keith. — Tudo bem. Tem um restaurante no final da rua. Vou até lá tomar um café e comer umas batatas fritas, ou algo do gênero.

— Experimente a torta de cereja — sugeriu o tio. — Ela é digna de um rei.

O tio Till parecia um rei — *majestoso*, pensou Keith, com sua cabeça jogada para trás e as mãos perfeitas cruzadas na frente do peito. Ele lembrava um caçador famoso que Keith vira certa vez numa foto, na África, com um pé sobre um leão morto.

— Quando eu vou poder voltar? — perguntou ele.

— Só preciso de uma hora.

Keith concordou com a cabeça e se virou para a escada. A última visão que teve de Miller foi de seu camarada e escravo sem camisa, a pele branca como a neve, todo encolhido, com os olhos vidrados e sem esperança.

Ao subir, Keith deixou o porão destrancado e apontou a Maglite para a porta dos fundos. Antes de sair, escutou Miller soltar um grito agudo e penetrante, como se tivesse sido escaldado. Ao deixar o prédio, trancou a porta e escutou o ferrolho escorregar em segurança para a fechadura.

Um pequeno sino soou quando Keith entrou no restaurante, porém ninguém, nem mesmo as garçonetes ou os atendentes do balcão, levantou os olhos. Na ponta mais distante do balcão, um homem gordo com uma boina de lã e um sujo sobretudo marrom estava debruçado sobre um sanduíche de presunto e uma xícara de café, lendo a mesma edição da *Life* que ele tinha visto em casa. Casais desgastados ignoravam um ao outro em duas cabines. O ar cheirava a fumaça de cigarro, e o chão estava imundo com as pegadas deixadas pela neve. Keith sentou na outra ponta do balcão. Uma garçonete obesa com cabelos louros pintados apoiou o cigarro num cinzeiro, obrigou-se a sair da inércia e veio na direção dele.

Assim que ela cobriu metade da distância entre eles, seu jeito indiferente transformou-se em curiosidade. Tão logo Keith conseguiu sentir o cheiro de cigarro nas roupas e no cabelo da mulher, a expressão no rosto dela dizia que a curiosidade tinha virado confusão, e que ela se ressentia disso.

— Meu Deus, você é só um garoto — comentou a garçonete. — Eu teria jurado... Alguém já disse que seu rosto às vezes engana?

Um Lugar Especial

— Não — respondeu Keith, o que, pelo menos, era tecnicamente verdade.

— Sem ofensa. Só achei que você fosse mais velho.

— A senhora tem torta de cereja?

— Ah, agora vamos discutir negócios, é? Sim, senhor, acredito que ainda temos uma fatia de nossa torta de cereja na cozinha. Isso seria do seu agrado, senhor?

Keith não entendeu por que ela estava sendo tão arrogante e sarcástica. O que ele tinha feito para a mulher?

— Sim, isso seria do meu agrado — respondeu.

— E o que gostaria de beber, jovem senhor?

— Uma xícara de café.

Ela franziu o cenho.

— E você tem idade suficiente para beber café? Pode afetar seu crescimento.

Ele ia dizer que eram os cigarros, e não o café, que supostamente afetavam o crescimento, mas isso seria trabalhoso demais, e o mundo à sua volta parecia débil e envenenado, bastava olhar para aqueles aparvalhados nas cabines, todos mortos, embora ainda respirassem. Keith afundou no banco e disse:

— Tudo bem, me dá uma Coca.

— Claro, querido — respondeu ela, o que o deixou espantado. Em seguida, ela o surpreendeu ainda mais ao se debruçar sobre o balcão e dizer: — Não pode ser assim tão ruim, sabe? Seja lá o que for. Você está hiperdimensionando as coisas. Tenho certeza, pode apostar.

— Sobre o que você está falando?

— Sobre o que quer que tenha feito com que parecesse tão preocupado ao entrar aqui. Querido, você parecia anos mais velho. Quer falar a respeito?

— Não estou preocupado com nada — respondeu Keith. — Você está enganada.

Ela recuou.

— Só estava querendo ajudar.

— Vá ajudar outra pessoa — falou Keith alto demais. Teve a impressão de que todos no restaurante se viraram para olhá-lo, o gordão

Um Lugar Especial

de boina, os mortos-vivos nas cabines, as outras garçonetes, o caixa, até mesmo o cozinheiro.

— Uma torta de cereja e uma Coca saindo — falou a mulher, anotando o pedido num bloquinho. Quando, por fim, ela colocou o pedido sobre o balcão da cozinha, já estava dando uma longa tragada no cigarro, balançando a cabeça e jogando a fumaça sobre a caixa registradora.

O cozinheiro saiu de vista, mas os outros, as figuras imóveis como se fossem de cera, ainda o observavam com olhos vidrados, bidimensionais.

Keith Hayward baixou a cabeça e olhou para as manchas deixadas no balcão por um pano molhado.

Minutos depois, a garçonete colocou o refrigerante e a fatia de torta na sua frente e desapareceu sem dizer uma palavra. Keith podia sentir a curvatura de sua espinha, e imaginou se sua nova faca estaria levantando o casaco. Não que se importasse com isso. De modo geral, ficaria mais feliz se aquelas sombras de seres humanos soubessem que ele estava carregando uma arma.

Ao dar uma mordida na torta, lembrou de olhar o relógio. Queria dar ao tio uma hora inteira. Esse era o seu presente, todos os 60 minutos, cada um dos 3.600 segundos. Eram muitos segundos, e, a cada um, algo quase inimaginável acontecia. Embora a torta fosse suculenta, tinha gosto de terra. Keith mal conseguia se forçar a engolir a polpa em sua boca. Ao tentar ajudar o pedaço a descer com um gole da Coca, o líquido pareceu oleoso e insípido. Não tinha gosto de nada. Os segundos mal haviam começado a ticar. Em algum lugar, um garoto gritava e um homem sorria. Em sua mente, o grito diminuiu e crepitou como a chama de uma vela num terraço aberto à noite.

Talvez não houvesse grito algum: Miller não era de gritar. Ele absorvia a dor e prosseguia. Talvez ele falasse como um professor de inglês, porém, como Keith descobrira, Miller era um bom soldado. Por um segundo, Keith teve a visão do amigo brincando entre os crânios e peles, falando consigo mesmo, imitando as vozes

Um Lugar Especial

dos animais mortos. Nesses momentos, ele parecia uma criança, e Keith ficara surpreso com o prazer que sentia ao presenciar tais espetáculos.

Em voz alta, falou:

— Eu também tenho sentimentos. — O som de sua própria voz o surpreendeu.

A garçonete, que estivera conversando com o cozinheiro pela janela da cozinha, disse:

— Claro que tem, querido.

A cabeça de Keith voltou para a posição inicial, com o nariz a poucos centímetros da comida.

— Está gostando da torta?

— Não consigo sentir o gosto dela — respondeu Keith. — Não estou conseguindo sentir o gosto de nada agora.

Ela colocou as mãos na cintura e andou na direção dele. Keith escutou os passos arrastados, e o fedor de tabaco se intensificou.

— Quer que eu ligue para alguém, filho?

— O quê? Não. Tenho de ficar aqui por uma hora. Um pouco menos, agora. — Ele se forçou a arregaçar a manga e olhar o relógio.

Ela se inclinou sobre o balcão, bem na frente dele, mas Keith não ergueu a cabeça.

— Alguém mandou você esperar aqui por uma hora?

— Eu *dei* uma hora para uma pessoa. A hora foi presente meu. É por isso que estou aqui.

Keith meteu um minúsculo pedaço da torta, menor do que o equivalente a uma mordida, dentro da boca. O gosto era o de um animal morto.

Ela tentou de novo.

— Uma hora é um presente engraçado.

— Talvez para você — respondeu ele, com o pedaço ainda na boca.

— Mas suponho que todos possamos usar um tempo extra.

Sem levantar os olhos, Keith engoliu a massa crua e molenga que estivera mastigando. A garçonete observou-o cortar outro minúsculo pedaço da torta e metê-lo na boca.

— Bom — disse ela. — Vou deixá-lo esperar sua hora em paz.

Um Lugar Especial

Ele fez que sim. Ela saiu arrastando os pés de volta para a parede entre o balcão da cozinha e a caixa registradora. O homem gordo com a boina engordurada virou uma página da revista *Life*, produzindo um barulho semelhante ao de um vento forte rasgando uma vela de lona.

Algumas vezes a torta em sua boca tinha a textura de carne crua, noutras, parecia papelão. Keith olhava o relógio de tempos em tempos, e sempre se surpreendia ao ver quão pouco tempo havia passado. Um dos casais silenciosos deixou o restaurante, e, dez minutos depois, um homem entrou, provocando uma lufada de ar frio. Ele se sentou num dos bancos a uns cinco metros de Keith e falou para a garçonete que estava de saco cheio de Milwaukee e que não via a hora de se mudar para Madison, onde acabara de arrumar um bom trabalho num sanatório.

— O t-trabalho é m-moleza — disse ele.
— Você s-só precisa ficar no salão comunitário

e se c-certificar de que os m-malucos n-não desabem no chão e engulam as p-próprias línguas.

Keith inclinou a cabeça e olhou de lado. O homem que arrumara o emprego no manicômio tinha cerca de 30 anos, o cabelo cortado à escovinha, bem rente, e um perfil achatado. Via-se logo de cara que se tratava de um valentão, um Rocky Glinka crescido. Keith virou a cabeça de volta e olhou para o pouco que restava em seu prato.

— Sou forte, entende? Eles g-gostam disso. Se os m-malucos se agitam, a gente os c-coloca em c-camisas de força. Ou os a-apaga na porrada. Você tem de ser f-forte, ou em Lamont eles nem te olham uma s-segunda vez.

O hospital psiquiátrico Lamont parecia com qualquer escola em que Keith tivesse estudado.

— Você v-vai sentir s-saudade de mim, não vai, Avis?

— Nós todos vamos sentir saudade de você, Antonio. — O tom de voz dela, ao mesmo tempo abafado e cortante, deixava claro, pelo

Um Lugar Especial

menos para Keith, que todos no restaurante detestavam o homem.

— Agora, n-não sinta p-pena de mim por ir para l-lá — continuou Antonio. — Sabe o que é M-Madison, hein? Me diz. O que é M-Madison?

— A capital do Estado.

— Isso n-não conta. Vamos lá. Vamos *lááá*. O que mais? Aquele garoto a-ali, ele sabe. Ei, garoto! Você! Garoto!

Com genuíno horror, Keith percebeu que o garoto em questão era ele próprio. Ergueu a cabeça meio centímetro e arriscou um olhar de esguelha para o sujeito tenebroso que agora se dirigia a ele.

— Vamos lá, garoto, d-diz pra ela. O que tem de b-bom em Madison, qual é a g-grande atração de lá?

Uma única possibilidade surgiu na mente de Keith.

— A faculdade?

— A universidade, isso mesmo! A grande U! E o que faz uma g-grande universidade dessas ser tão f-fantástica?

Ele estendeu o braço e fez um gesto encorajador, de vamos lá, com a mão em concha.

— Humm — falou Keith.

— Pode dizer, vamos lá.

Ele fez uma pausa, e como Keith não disse nada, foi generoso e respondeu à própria pergunta.

— Garotas! Garotas vindas de todo o E-Estado, de t-todo o país, milhares delas. *Milhares!* G-garotas andando pra cima e pra b-baixo nas ruas, garotas em todos os prédios, g-garotas atravessando o campus... diabos, garoto, *tenho certeza* de que você quer ir pra l-lá conhecer as garotas u-universitárias, certo?

— Ah-hã — respondeu Keith, que até então jamais considerara a possibilidade de cursar uma faculdade. Não lhe ocorrera que poderia encontrar milhares de garotas em todas as ruas de uma cidade universitária. Sem dúvida, parecia mais interessante do que o ensino médio.

— Claro que q-quer. E sabe o que mais? Assim que p-puder, entre para uma f-fraternidade. Os garotos das f-fraternidades pegam meninas de t-tudo quanto é tipo, assanhadas ou não.

— Parece legal — concordou Keith, percebendo que isso era o mais próximo de uma conversa normal que tivera com alguém em meses, inclusive Miller.

Chegando à conclusão de que o garoto havia servido a seu propósito, Antonio voltou sua atenção para Avis novamente. Queria um hambúrguer, um bem grande, bem-passado, porém suculento, cheio daquela gordurinha deliciosa, e queria as batatas fritas tão crocantes a ponto de poder quebrá-las como gravetos. E, por cima de tudo...

Keith parou de escutar. Não queria mais conversa. A que acabara de ter exigia alguns ajustes internos devido à sua natureza, por ora, obscura. De modo experimental, enfiou outro pedaço da torta na boca, do tamanho de uma moeda, e sentiu na língua o gosto da química, o sabor metálico das cerejas guardadas por muito tempo numa lata e depois cristalizadas numa pasta grossa. No tempo que faltava, Keith dividiu a torta restante em pedaços cada vez menores, separando a polpa da crosta, a qual ainda tinha o gosto e a textura de papelão. Sugava o recheio vermelho do garfo, desejando que o gosto fosse mais parecido com o de cerejas de verdade. Sempre que pensava em Miller, empurrava a substância pegajosa de um lado para o outro do prato até que ela virasse um mingau vermelho.

A conta acabou com a maior parte da nota de um dólar que trazia dobrada no bolso. Assim que se levantou do banco e vestiu o casaco, lembrou-se de que o tio falara que sempre dava uma gorjeta de cinco dólares. Empurrou dez centavos na direção da garçonete. Ela sorriu, e Antonio, mastigando seu hambúrguer bem-passado, despediu-se com um aceno de cabeça.

O caminho de volta pelo frio e pela escuridão pareceu levar duas vezes mais do que deveria: bocados de tempo caíam num abismo

Um Lugar Especial

negro, e Keith voltava a si apenas para descobrir que não havia avançado nada desde que perdera a consciência. Continuava na calçada, dando o mesmo passo no mesmo lugar, embora tivesse certeza de que houvera um período em que seu corpo caminhara por conta própria. Ainda assim, não avançara nem um centímetro, como isso era possível? A anomalia ficou ainda pior ao se aproximar da loja de eletrodomésticos com sua enorme vitrine. O tempo desaparecia entre um passo e outro, suspendendo-o num vazio em que, aparentemente, ele se movia e não se movia ao mesmo tempo. O esforço para passar pela robusta lavadora Maytag, que através de seu gigantesco olho circular o ridicularizava por sua incapacidade de sair de seu alcance, levou vários minutos. Garoto bobo, sempre caindo, sempre no mesmo lugar.

Garoto bobo, que...

Com muito esforço, Keith conseguiu sair do raio de visão da Maytag e escutou a frase odiosa diminuir de volume até desaparecer. Essa exibição de força de vontade o manteve intacto durante todo o percurso até o beco estreito. Ao entrar no beco, um pensamento errante distraiu sua atenção: *Que tipo de homem realmente gosta da ideia de trabalhar num hospital psiquiátrico?*

Keith atravessou o térreo, guiado pela lanterna. Deixara a porta com o cadeado Medeco destrancada, e, após abri-la, olhou em direção à base da escada, para o subsolo vazio e iluminado. Para seu alívio, nenhum som emanava daquele universo. Percebeu algo que não tinha entendido antes, que estivera esperando gritos, choramingos e gemidos baixos, os ruídos do sofrimento de Miller. Lá embaixo, nada parecia se mover. Foi então que viu uma sombra atravessando o piso de concreto da esquerda para a direita, e sentiu uma rápida e gélida onda de medo.

A sombra tinha a forma de uma cabeça humana. Ocorreu-lhe que, no fundo, esperara escutar Miller fazendo, pelo menos, alguma espécie de barulho. O silêncio absoluto pareceu-lhe agourento.

— Tio Till? — chamou.

— Achei que tinha escutado você. — Keith ouviu o tio dizer. — Gostou da torta?

— Mais ou menos. — Ele botou o pé no primeiro degrau.

— Você pediu a de cereja?

— Peguei o último pedaço. — Mais um degrau. — Não era tão boa assim.

— Você demorou bastante. Achei que estivesse se divertindo. Eu, com certeza, estava. Foi o melhor presente de Natal que já ganhei. Não foi, Miller?

Miller não concordou nem objetou. Manteve um silêncio estoico.

— Acho que ele não quer conversar. Tem trabalhado duro, o velho Miller.

A voz do tio foi se aproximando enquanto falava, e ele logo surgiu em seu campo de visão, limpando as mãos num dos cobertores velhos. Estava sem jaqueta, e as mangas da camisa, enroladas na altura dos cotovelos. Sob a borda do chapéu, o tio parecia ao mesmo tempo cansado e renovado, e profundamente em paz consigo mesmo. Ele sorriu para Keith.

— Vai descer, caro sobrinho? Qual é o problema com a sua torta de cereja?

O problema é o seu presente de Natal, pensou Keith.

— Um sujeito falou que eu devia ir para a faculdade.

— Ah, ahn, entendo. — O tio fez que sim. — E isso afetou seu apetite.

— Acho uma boa. — Keith começou a descer a escada normalmente, sem parar a cada degrau.

— Me parece uma boa ideia. Sair de casa por um tempo, ampliar seus horizontes.

Keith desviou os olhos do tio e olhou por cima do ombro dele. Manchas e respingos de sangue estavam espalhados como uma renda vermelha pelo piso de concreto no fundo do comprido porão. No ponto de convergência dos riscos delicados havia uma cadeira de madeira

Um Lugar Especial

vazia, com o encosto e o assento pingando sangue. Keith desceu o último degrau. Seus olhos acompanharam uma mancha comprida e destacada que começava ao lado da cadeira e ia até um cobertor embolado a uns dois metros e meio de distância. Uma forma branca e encolhida cobria metade do cobertor, e essa forma era Miller. Pendurados na parede atrás dele, peles e pôsteres de animais.

— Por que você não vai dar uma olhada no seu amigo? — O tio Till deu um passo para trás e apontou com o braço para a cadeira e o cobertor. — Duvido que ele tenha muito a dizer.

Enquanto cruzava o porão, Keith sentiu as pernas duras como se fossem de pau. Ao alcançar o cobertor, ajoelhou-se do lado do pobre Miller. Em muitas partes do corpo dele, especialmente os braços, ombros, costas e pernas, a brancura da pele ganhara um tom azulado que indicava a formação de fortes hematomas. Riscos e respingos vermelhos cobriam seu peito e obscureciam seu rosto. Cortes longos e retos nas costelas e na parte interna dos braços continuavam a sangrar. Uma grande parte do cabelo tinha sido arrancada do escalpo, deixando um buraco careca com pontos vermelhos e cor-de-rosa do qual ressumava um líquido avermelhado. Abaixo das sobrancelhas finas e escuras, os olhos antes esbugalhados estavam fechados de tão inchados. Keith notou que vários dos ossos das mãos que ele mantinha fechadas em concha sob o queixo tinham sido quebrados. Seus lábios estavam roxos. Till também fizera talhos nas bochechas de Miller, e cada inspiração abria um buraco na pele, revelando os dentes trincados. O corpo inteiro do menino tremia.

Por fim, Keith ousou encostar a palma da mão sobre o ombro de Miller. A pele parecia ferver.

Sussurrou o nome do amigo.

— Ele não vai dizer grande coisa, você sabe.

Keith deu um pulo: não sabia que o tio tinha se aproximado pelas suas costas.

— Agora é com você, Keith.

Um Lugar Especial

O sobrinho virou a cabeça para observar o rosto belo e sorridente do tio.

— Está na hora, filho.

Keith piscou.

— Use o seu presente no meu.

— Agora?

— Ele já está meio morto. Diabos, se o deixássemos aqui, o frio terminaria o serviço. Não podemos levá-lo a um hospital, podemos?

Keith voltou os olhos de novo para o corpo surrado e trêmulo de Miller.

— Você não sabia que ia acabar assim? Claro que sabia. Deixe-me orgulhoso, garoto. Essa é a sua graduação. Bem-vindo ao mundo, filho... estou falando sério.

— Me diz como — pediu Keith.

A frase que acabara de ser formulada por sua garganta pairou visivelmente no ar, como uma nuvem congelada. Não conseguia olhar para o tio: não queria ver nada, nada. Os animais tinham virado os rostos para a parede, felizes por estarem mortos e serem cegos.

— Vou lhe dizer tudo que você precisa saber, garoto. — A voz do tio soou calma e carinhosa. — Você vai fazer o que tem que fazer, e do jeito certo. — Sua mão muito gelada deu-lhe um tapinha no ombro. — Enfia a mão por baixo do casaco e pega aquela bela faca.

Keith tateou a base das costas, agarrou o cabo da faca e puxou-a para a luz. Ela parecia longa, firme e eficiente.

— Isso aí, meu garoto, sua ferramenta na sua mão. Agora, posicione-se um pouco acima do corpo dele, de modo que fique bem atrás da cabeça.

Num movimento semelhante ao de um caranguejo, Keith se colocou cerca de trinta centímetros acima de Miller.

A voz suave falou novamente, penetrando sua alma.

— Essa parte é realmente importante, filho, portanto, preste atenção. Posicione a mão esquerda logo abaixo do queixo do garoto. Isso mesmo. Você está indo bem, Keith, muito bem. Puxe o queixo para cima, expondo o pescoço.

Um Lugar Especial

Num gesto meio atabalhoado, Keith ergueu o queixo do amigo. A cabeça de Miller bateu em sua coxa, e ele se afastou ligeiramente, a fim de ter mais espaço para fazer o que precisava ser feito. Teve a impressão de sentir Miller balançando levemente a cabeça de um lado para o outro, mas não poderia afirmar com certeza. O corpo surrado do garoto tremia.

— Agora pegue a sua faca, Keith, e a posicione na ponta esquerda do pescoço dele. Não, mais para o lado, garoto, mais para o lado. Tem que fazer isso direito.

Keith encostou a lâmina da faca na pele do pescoço fino de Miller, logo abaixo do queixo.

— Essa é uma faca afiada, portanto, não precisa empregar muita força. Use os músculos do braço e a enterre o mais fundo que conseguir. Ela vai penetrar facilmente, você vai ver. Em seguida, puxe a faca com determinação pelo pescoço e dê um pulo para trás, bem rápido, porque o sangue vai jorrar, e você não vai querer ficar no caminho dele.

Keith se preparou para usar os músculos e enterrar a faca. O tio deu-lhe um tapinha no ombro e se inclinou para a frente, a fim de sussurrar palavras ainda mais tranquilizadoras em seu ouvido.

— Quando terminar isso, Keith, vamos botar fogo nesse prédio, e você vai abandonar esse negócio por uns dois anos. Eu vou embora... todas as minhas coisas estão no carro. Vá para a faculdade, mude-se para Madison, ou onde quer que seja. Encontre outro lugar secreto e monte seu negócio lá. Pode partir para as garotas, se quiser, mas só uma por ano. Duas no máximo. Não tenha pressa, filho. Espere o momento certo. Entendeu?

Keith fez que sim.

— Então, vá em frente, caubói.

Sob a mão firme de Keith, Miller se contorceu e murmurou o que talvez fosse uma palavra de protesto, instantaneamente sufocada pelo sangue que começou a jorrar de seu corpo. No instante seguinte, Hayward flexionou as

Um Lugar Especial

pernas e pulou para trás, caindo sobre o piso de concreto.

Till pegou a faca da mão do sobrinho e a limpou no cobertor. Estendeu a mão, e o rapaz aceitou a ajuda para se colocar de pé. Sobre o chão, o corpo de Miller tremeu uma vez, em seguida recaiu numa imobilidade mortal.

Na manhã seguinte, quando Tillman Hayward, mais uma vez, já tinha seguido seu misterioso caminho, o *Sentinel* anunciou que um fogo de origem desconhecida no Sherman Boulevard destruíra um prédio abandonado e a loja de eletrodomésticos que havia ao lado.

PÓS-ESCRITO
O MAL FRACIONADO

Gary K. Wolfe

David Letterman tinha o hábito de sempre mostrar uma fotografia do jornal e apontar para alguma figura em segundo plano — algumas vezes com uma aparência ridícula, noutras, vagamente sinistra, e noutras ainda, indescritível — e perguntar: "E quanto *àquele* sujeito?" Straub está sempre fazendo a mesma pergunta; dificilmente alguém atravessa seu mundo sem uma história secreta particular, ou várias histórias. Se quisermos saber como o renegado oficial das forças especiais Franklin Bachelor, em *The Throat*, se tornou um assassino tão desalmado, podemos abrir uma janela para a sua infância em "Bunny is Good Bread"; se quisermos saber mais ainda sobre sua vida posterior, teremos de esperar pelo futuro romance gráfico de Straub, em coautoria com Michael Easton, intitulado *Tales from the Green Woman*. Se estivermos curiosos em relação ao recluso e brilhante detetive Tom Pasmore, em *Lost Boy Lost Girl* ou *The Throat*, podemos encontrá-lo ainda criança em *Mystery*, um romance publicado vários anos antes. Nem todos os personagens ganham um background assim, é claro, e nem todo personagem recorrente apresenta uma consistência perfeita em obras diferentes — cada romance e cada história possui seus próprios imperativos —, porém o significado é claro: o que há de tóxico no universo de Straub, assim como o que há de redenção (embora não

Um Lugar Especial

tenhamos uma grande promessa de redenção em *Um lugar especial*), ultrapassa os limites da história. Tal é o caso de Keith Hayward e de seu temível tio Till.

Um lugar especial tem a mesma relação com o romance de Peter Straub, *A Dark Matter*, que a história "Bunny is Good Bread" tem com o romance de 1993, *The Throat*; assim sendo, parece particularmente apropriado que a Borderlands Press, que publicou "Bunny is Good Bread" (sob o título "Fee", em *Borderlands 4*, 1994), disponibilize aos leitores de Straub esta história igualmente angustiante. Tal como a outra, ela retira um personagem definitivamente mau de uma narrativa maior e oferece um vislumbre dos eventos-chave de sua infância que ajudaram a moldar essa escuridão interior. E tal como "Bunny is Good Bread", ela funciona perfeitamente bem como uma história independente, deixando-nos com presságios sinistros do que esse garoto se tornará — presságios que são parcialmente, porém não totalmente, respondidos no romance maior. Keith Hayward pode ser um personagem importante em *A Dark Matter*, mas a história não é sobre ele — e isso, por sua vez, nos conduz a uma característica-chave da maior parte do trabalho ficcional de Straub, e que nos oferece uma rica complexidade do teor de suas obras. Para simplificar, o ponto é o seguinte: quanto mais próximos pensamos estar de entender a forma das forças do mal que cercam seus personagens, mais percebemos que só conseguimos vislumbrar uma parte do quadro inteiro. Como uma costa fragmentada que a princípio parece ter uma margem nítida, mas que, ao ser observada mais de perto, apresenta uma complexa infinidade de fendas, baías e formações rochosas aparentes, a natureza do mal no universo de Straub escapa continuamente de uma visão definitiva: há sempre uma outra história e, por trás dela, mais outra. Assim como Keith Hayward, em *A Dark Matter*, nos provoca com a sugestão de uma história não contada — parte da qual obtemos aqui —,

Um Lugar Especial

da mesma forma o tio Till em *Um lugar especial* nos provoca com insinuações de seus próprios horrores não revelados, e possivelmente os efeitos desconhecidos desses horrores sobre outros, inclusive sua própria família.

Inseridas no relato da tutela profana de Keith Hayward encontram-se não apenas a história da carreira do tio Tillman como o Assassino de Mulheres — que pode muito bem envolver outros assassinatos além daqueles divulgados em Milwaukee —, como, numa esfera mais sutil, as histórias apenas insinuadas da irmã mais velha de Tillman e Bill, Margaret, ou do soturno e cruel detetive Cooper. Aqui somos presenteados apenas com um único e pequeno parágrafo sobre Margaret, que parece ter escapado da maldição dos Hayward ao se casar com um milionário de Minneapolis e mudar seu nome para Margot, porém, para os fiéis leitores de Straub, ela talvez carregue uma ligeira semelhança com a irmã de Tim Underhill, Nancy, em *Lost Boy Lost Girl*, que também tinha esperanças de que um casamento e uma vida familiar normal pudessem protegê-la do passado de sua família. Se você já tiver lido uma quantidade suficiente dos livros de Straub, não poderá terminar este parágrafo sem suspeitar de que há algo à espera de Margot.

Essa complexidade de famílias interligadas e de menções a crimes passados é uma das marcas que distinguem a ficção de Straub, mais detalhadamente trabalhada na série de romances e histórias "Blue Rose", porém igualmente implícita em muitas outras narrativas. Os cenários do sul do Wisconsin — "Millhaven", Milwaukee, Madison — começam a captar parte do peso psíquico do Yoknapatawpha County, de Faulkner, com o passado nunca retrocedendo de verdade ("Nem mesmo é passado", como dizia o próprio Faulkner), as balanças nunca totalmente restauradas, os débitos jamais plenamente quitados. O horror na obra de Straub não deriva de algum fator sobrenatural ou alienígena dominante (como acontece com Lovecraft), nem de

Um Lugar Especial

monstros singulares como Norman Bates ou Hannibal Lecter (embora o tio Till possa se enquadrar muito bem nesse grupo), mas de uma espécie de carma ruim cumulativo: o tio Till é assustador não apenas por sua alegre brutalidade, mas devido ao perverso orgulho familiar que tem em educar seu protegido, chegando ao ponto de recomendar quais filmes de Hitchcock assistir (pela atitude) e quais facas escolher (pela técnica). Se o detetive Cooper, algum dia, conseguisse capturá-lo, isso seria, no máximo, uma vitória parcial, pois a contaminação maligna que Till espalha no mundo continua a ser alastrada por Keith (como podemos ver em *A Dark Matter*, Keith cria seu próprio grupo de seguidores).

A noção de que crimes como os de Tillman não podem jamais ser plenamente erradicados sugere outra importante ligação com a ficção de Straub — a dos filmes *noir* e de escritores *hard-boiled* como Raymond Chandler. É quase um clichê ressaltar que esses escritores se propõem a reformular, de modo deliberado, o romance policial clássico retratando um universo complexo e corrupto onde a solução de um único assassinato não consegue restaurar a ordem para uma sociedade, caso contrário, inocente (uma questão longamente discutida por Chandler em seu famoso ensaio "A simples arte de matar"); no entanto, muitas vezes ignora-se que um movimento semelhante ocorreu também com a ficção sobrenatural e de horror. Não é possível devolver o mundo à normalidade enfiando uma estaca no coração de um único vampiro, porque não estamos mais falando de apenas um vampiro; o vampiro não é só um monstro, e sim uma *condição*. O mesmo pode ser dito de zumbis e lobisomens — e, por conseguinte, de serial killers, torturadores e sádicos. No universo de Straub, é raro encontrar os ícones tradicionais da ficção de horror, visto que esses monstros humanos dificilmente poderiam ser considerados anomalias. Em certo sentido, eles são meros produtos dos Estados Unidos, de uma terrível distorção da promessa do homem que vence por seus próprios méritos. Numa sociedade definida pelas ambições, o tio Till oferece uma a Keith, da mesma forma que ele, em menor escala, oferece uma ao desafortunado Miller. De uma maneira particular, o jeito sofisticado e as propensões incomuns de Till, assim como o próspero casamento de Margaret, proporcionam uma forma de escapar do árduo trabalho da classe média baixa, tal como o de Bill, há doze anos na fabricação de sprays para a Continental Can. No modo de ver de Bill, "a sorte e o belo rosto de Till haviam lhe permitido escapar da prisão de uma vida operária. O homem era uma espécie de mágico, e, o que quer que fizesse para se sustentar, não podia ser julgado pelos sistemas usuais". E, verdade seja dita, os "sistemas usuais" raramente conseguem restaurar a ordem ao caos fomentado por figuras como Till; é mais provável que os mistérios resultem em *acomodações* do que em soluções, os casos são sempre reabertos e reinterpretados e, no final, sempre persiste a insinuação de um Mistério que transcende à simples solução de crimes individuais. Essa é, em essência, a dupla natureza do título do romance de Straub de 1990, *Mystery*, um título que paira sobre os cenários de praticamente todos os seus romances e histórias desde então.

Não estou sugerindo que devemos ler Straub como uma espécie de escritor de protesto social cujos monstros se desenvolvem apenas pela injustiça e opressão; afinal, uma de suas figuras mais macabras, Dick Dart, de *O clube do fogo do inferno*, é um advogado bem-sucedido e herdeiro de um escritório de advocacia proeminente, e poucos de seus outros assassinos demonstram alguma motivação econômica ou política. No entanto, a genealogia literária de figuras como o tio Till pode muito bem incluir anti-heróis humilhados do naturalismo, como McTeague ou Vandover, de Frank Norris; trapaceiros demoníacos como Terry Lenox, de Raymond Chandler, ou Ripley, de Patricia

Um Lugar Especial

Highsmith, e, é claro, o tio Charlie, do filme de 1943, *A sombra de uma dúvida*, de Hitchcock (cujo roteiro foi escrito em coautoria com outro ídolo literário americano, Thornton Wilder), e que Till recomenda a Keith com tanto entusiasmo. Tais personagens não são vítimas infelizes de possessões demoníacas, nem psicóticos descontrolados, mas sim indivíduos inteligentes que, por algum motivo pessoal distorcido, escolhem e planejam suas carreiras. Eles são, sob outra reflexão sombria dos valores americanos clássicos, competentes. O tio Till é competente não apenas na questão da técnica, mas do planejamento: ele sabe a importância do autocontrole, de limitar os assassinatos a um ou dois ao ano, geralmente longe da cidade onde vive, e de manter seus atos à parte de sua vida familiar. Ele é bom naquilo que faz, e isso lhe proporciona um grau de liberdade e de autodeterminação que é negado a tipos como o do seu irmão Bill, e oferecido ao seu sobrinho Keith. Em outras palavras, ele é uma brilhante perversão do americano clássico. Mas também é mais do que isso. Till é, em certo sentido, alguém que "transforma o mundo".

O crítico John Clute, em seu livro de 2006, *The Darkening Garden: A Short Lexicon of Horror*, usa o termo "deleitar-se" para descrever "o momento em que a história de horror para de descrever a ebulição dos reprimidos e dos subversivos que ocorre entre as paredes repressoras da 'civilização', e começa a contar como ela realmente é". O esboço que Clute faz de uma história de horror — o qual começa com um vislumbre inicial ou "observação", passa para as complicações da trama, o "engrossar", e culmina com o deleite e as consequências — poderia facilmente ser aplicado a *Um lugar especial*; vemos Keith, pouco a pouco, tomar consciência das atividades do tio, passar por um período de tutela e, por fim, oferecer a ele o presente de Natal, o qual conduz ao deleite privado (que ocorre enquanto o leitor observa Keith tentar saborear uma fatia de torta de cereja), seguido

Um Lugar Especial

pelo breve parágrafo de fechamento. Ao final, percebemos que Keith ingressa num mundo transformado. Não temos certeza do que acontecerá a ele, mas parece claro que ele não pode mais voltar ao mundo que conhecia antes do tio Till. "O plano do mundo é invertido", diz Clute, percebendo isso como um movimento-chave dentro da narrativa de horror.

No romance *A Dark Matter*, descobrimos o que acontece a Keith, mas isso não é necessário nem relevante para a dinâmica interna de *Um lugar especial*. O que talvez seja relevante é o seguinte: qualquer um que tenha lido um bom número dos trabalhos de Straub, em particular histórias como "Bunny is Good Bread", que têm relação com narrativas maiores, está ciente do rigor com que ele apresenta seus cenários mais perturbadores, de sua recusa em afastar a câmera nos momentos em que esperaríamos uma edição decorosa da maioria dos escritores. Essa atenção quase apaixonada para com os detalhes tem o mesmo efeito de uma experiência traumática. Sabemos mais sobre os horríveis eventos no momento em que eles acontecem do que jamais conseguiremos compreender depois, apesar de todas as tentativas de enfraquecê-los por meio da narrativa. (Somos deixados de fora da situação ao nos sentarmos com Keith no restaurante enquanto o tio Till se diverte com Miller, mas logo percebemos que não nos livramos dela completamente.) Histórias como essa destilam com eficiência o lado escuro da visão de Straub e oferecem apenas rápidos vislumbres da luz que complementa essa escuridão — uma luz que sugere haver, talvez, uma semente de euforia nos extremos, algo que Straub, em entrevistas e ensaios (e ocasionalmente em seus romances), chama de transcendência. Em uma história como *Um lugar especial*, a possibilidade de transcendência pode parecer pouco mais do que meros silêncios entre as notas, mas em *A Dark Matter* é um tema desenvolvido de modo tão pleno e direto quanto em qualquer das obras ficcionais de

Um Lugar Especial

Straub que eu já tenha visto. Isso pode parecer uma pequena propaganda promocional do romance maior; no entanto — presumindo que a esta altura você já tenha lido *Um lugar especial* —, é também um lembrete de que, tal como acontece com a maior parte da obra de Straub, não obtemos o quadro inteiro, e de que o jovem Keith Hayward, ao ficar um pouco mais velho e se transformar numa peça na história de outras pessoas, pode vir a se tornar o instrumento de algo bem surpreendente.

Como já disse, há sempre uma outra história.

PETER STRAUB,
um escritor sem paralelo no reino do suspense e do terror psicológicos.

Leia também do autor:

Mr. X

Eleito pela *Publishers Weekly* um dos melhores lançamentos de 1999, *Mr. X* explora as dimensões mais sombrias da psique humana, alçando Peter Straub ao posto de Edgar Allan Poe de nossa geração.

O aniversário de Ned Dunstan está se aproximando e, já há alguns anos, nessa data, ele vive uma crise paralisante em que é obrigado a testemunhar cenas impiedosas de carnificina perpetradas por uma figura misteriosa e malévola, chamada por ele de Mr. X.

Devido a uma premonição de que sua mãe, Star, está morrendo, Ned é atraído para sua cidade natal, Edgerton, em Illinois. Antes de falecer, ela lhe revela o nome de seu pai, e o alerta sobre o grande perigo que estará correndo se decidir procurá-lo. Apesar das advertências, a determinação de Ned de saber o máximo possível sobre o pai desconhecido o leva a uma série de aventuras extraordinárias que, aos poucos, revelam o cerne de sua própria identidade e de sua excêntrica família.

Ned descobrirá que é seguido por um gêmeo idêntico que pode atravessar portas e desafiar as leis da natureza; será apontado como o principal suspeito de três mortes violentas; investigará o mundo secreto das sombras que existe em Edgerton; se recordará de uma ocasião em que ele e o sinistro irmão se uniram em um único ser. E, no momento da batalha final, precisará recorrer a tudo que aprendeu para salvar a própria vida.

Transbordando perspicácia, personagens vibrantes e ritmo alucinante, *Mr. X* mostra Peter Straub no auge de sua forma.

O clube do fogo do inferno

Em *O clube do fogo do inferno*, Peter Straub não apenas cria um vilão diabólico, inteligente e fascinante como Hannibal Lecter, mas também escreve seu mais envolvente e eletrizante romance.

Estão em jogo os destinos de uma mulher leal e corajosa e de uma empresa editorial sólida. Lutando para manter seu casamento, bem-estar e independência, Nora Chancel é envolvida, involuntariamente, em um duplo e traiçoeiro mistério. Uma das tramas desse mistério diz respeito a uma série de mórbidos assassinatos; a outra, a um romance do além-túmulo, detentor de tamanho poder de influência que seus admiradores mais aficionados literalmente abdicam das próprias vidas por ele.

Nora e seu marido, Davey, o negligenciado herdeiro da editora que publicou o fantástico *Jornada na noite*, escrito por Hugo Driver, moram em Westerholm, cidadezinha do Connecticut que atraiu a atenção nacional como o local de quatro recentes assassinatos cujas vítimas eram todas mulheres endinheiradas — divorciadas ou viúvas. Quando os Chancels visitam o posto policial da cidade para identificar uma conhecida que se acreditava ser a quinta vítima, Nora é implicada no crime. Entretanto, em súbita inversão, ela é raptada pelo verdadeiro assassino, o ameaçador e jovial Dick Dart.

Durante os dias que se seguem, Nora se dá conta de que só conseguirá salvar sua vida alimentando o ego de Dart. Sem causar tal impressão, ela precisa iludir esse monstro, extraordinariamente intuitivo e habilidoso, simulando ajudá-lo em seu plano mais recente — proteger a reputação literária de Hugo Driver, o que envolverá assassinatos em série. A coragem de Nora cresce ao longo dessa provação e, nas proximidades do seu desfecho, após confrontar os obscuros segredos de *Jornada na noite* e de sua própria vida, a personagem já terá capturado o coração do leitor.

O clube do fogo do inferno, thriller de ritmo admirável, apresenta dois mistérios que se vão aprofundando à medida que são investigados. Uma verdadeira obra-prima de Peter Straub.

Impresso no Brasil pelo
Sistema Cameron da Divisão Gráfica da
DISTRIBUIDORA RECORD DE SERVIÇOS DE IMPRENSA S.A.
Rua Argentina 171 – Rio de Janeiro, RJ – 20921-380 – Tel.: 2585-2000